死の鳥
シノ
野々木由衣美
ユイミー
テピテピ
ポヌポヌ犬

魔王
サフィ

バイト先は異世界迷宮

ダンジョン住人さんのおかげで今日も

商売繁盛です！

My part-time working place is in a labyrinth in a different world. Business is thriving today as well thanks to the dungeon residents!

CONTENTS

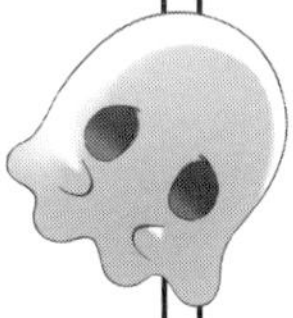

プロローグ

大学二年目を目前にして、魔王に出会うとは思わなかった。

目立つ大きな頭部は骨がむき出し、それもヤギとかヒツジとかの動物っぽいフォルムの頭蓋骨であることは、とりあえず、まあとりあえずいいとして。

目が紫色に光ってるんですけど。

周囲に謎の黒いモヤが漂ってるんですけど。

「……」

私は黙ったまま、その全身を見た。

これは完全に、魔王でしょ。浮いてるし。ゲームとかでよく出てくるやつ。

この部屋はたぶん一五畳くらいの広さ。それほど狭くないのに、目の前にいる魔王っぽい存在の圧迫感でかなり狭く感じた。古びた木のカウンターがなければ後ずさりをしてたかもしれない。

ホコリっぽくて薄暗い部屋の中で、闇から滲《にじ》み出《で》た的な雰囲気で魔王が君臨している。どう考えても、ごく普通の日本人には対応しかねる状況だ。

逃げ帰りたいけど、そうもいかない。

私は静かに深呼吸して、覚悟を決めた。私がやるべきことは決まっている。背筋を伸ばして、ヤバそうな紫色の光を失礼にならない程度に見上げ、それから私は口を開いた。

「いらっしゃいませー」

営業スマイルができたかどうかは、流石《さすが》に自信がなかった。

一章　バイト先は家から近いほうがいい

一　大学生にはおいしい時給

「ユイミーちゃん、春休みバイトやるでしょ？　時給一五〇〇円」

　いきなりアパートにやってきてそう言ったまじょばちゃんに、私が「……やるけど」ととりあえず頷《うなず》いてしまったのはやはり遊ぶ金欲しさからである。

　まじょばちゃん、もとい、魔女おばちゃんは母の妹、つまり私の叔母だ。

　本業は母曰《いわ》く「海外で素材を集めて作品を作る人気ハンドメイド作家」らしいけれど、うちでは昔から「魔女のおばちゃん」として親しまれてきた。私や妹に持ってくるお土産《みやげ》がなんだか怪しげだったり、妙に巧妙なマジックを見せてくれたりしていたからである。黒いワンピースを着てることが多く、黒猫を飼っていることも相まって、絵本で見た魔女と同類だと思ったわけだ。

「まじょばちゃん、麦茶飲む？」

「チンしてねー」

　冷蔵庫から麦茶を出してコップに注ぎ、レンジに入れる。まじょばちゃんは私が一人暮らししているこの部屋にも何度か来たことがあるので、勝手知ったる感じでくつろいでいた。

ローテーブルにはお土産が置いてある。マカダミアナッツの入ったチョコはハワイ土産というわけではなく、お土産チョイス能力が人並み外れすぎているまじょばちゃんが、変なものを持ってこないために私が指定して買ってきてもらうものだ。子供の頃の私と妹をギャン泣きさせたアフリカっぽい呪い人形みたいなやつは、母がいくら捨てても実家に戻ってくるらしい。

「はいどうぞ。まじょばちゃん、今回はどこ行ってきたの？」

「あっちこっち。ねえ、バイトいつからする？　今日から？」

「今日からは急すぎるよ……。どんなバイトなの？　近い？」

「迷宮《ダンジョン》の中でお店番するの。楽しそうでしょ？」

「どういうこと？」

まじょばちゃんを魔女と呼ぶ原因は、この夢見がちな言動にもあった。

迷宮って何。遊園地の新しいアトラクションか何かだろうか。

「店番って何屋さん？」

「色々。雑貨と、もしできるなら簡単な調理もしてもらえたらありがたいなー。ユイミーちゃん、一年間一人暮らしして料理ももう慣れたでしょ？」

叔母のことを魔女と呼ぶ私が言えたことじゃないけど、まじょばちゃんも私のことをレオ・レオニの『スイミー』みたいに呼んでいる。小さい頃からなのでやっぱり慣れてしまっていた。

「焼くだけとか簡単なら大丈夫だけど……雑貨屋で食べ物売ってるの？　適当すぎない？」

「そういうもんなのよ。ゆるーいお店だし」

アトラクションに併設されたお店みたいな感じだろうか。ああいうとこは雑貨と食事は分けて売ってる気がするけれど、食事でもお持ち帰りできるプレートとかもあるし、そういうものなのだろうか。しかし迷宮ってどんなコンセプトなんだろう。

　まじょばちゃんは仕事であちこちに行ってるおかげか色んな人脈があり、私が高校の頃から紹介してくれるバイトの話は多岐にわたる。占いとかで使いそうな水晶をひたすら磨くバイトとか、謎の路地に立って訪れた人に謎のカードを渡すバイトとか、ずらっと並んだ毒々しい色彩のケーキの中からいい匂いのものだけを探し出すバイトとか。どれも怪しすぎるけど、そこそこ給料をはずんでくれるので私にとってはありがたい存在である。なぜか私がバイトしてないタイミングで連絡してくれるし。

　今回も、ちょうど大学一年目終了と同時にバイトを辞めたところだった。昨日から始まった春休みは、日払いのイベントバイトでもしようかと思ってたけど。

「バイト先って遠いとこ？」

「すぐ近くよー。やっぱり今日から行ってみる？」

「いやだから急すぎるでしょ。もっと早く言ってよまじょばちゃん」

「前のバイトが急にクビになっちゃって人手が足りないの～。お願い、ユイミーちゃん。この魔女おばちゃんを助けると思って！」

「えー、しょうがないなー」

　手を合わせて頼まれると断りにくい。昔から私と妹をかわいがってくれたまじょばちゃんだし、それに、ふってわいた時給一五〇〇円だ。貯金を崩さずに来年度の教科書が買える。

　私が頷くと、まじょばちゃんはパッと嬉《うれ》しそうに笑った。

「じゃあさっそく行きましょ！　ママには私から言っておくからね。なるべくフルで働いてほしいけど大丈夫？　もちろんまかないありだから。ネットもあるしお客さんは意外と来ないし、結構快適よ」

「そんなに待遇いいなら他の人雇ったら？　私新学期始まったらフルタイムは無理だし」

「それがなかなか難しくてね～。でもユイミーちゃんなら大丈夫。ちゃんと仕事教えてくれる人もいるから！」

まじょばちゃんによると、店番はひとりですることになる。けれど、別の場所で働いてる人がしばらく様子を見てくれるらしい。マニュアルも揃《そろ》ってるのでソロ勤務でも安心だとかなんとか。

「着替えたほうがいい？　何か持ってくものとかある？」

「そのままで大丈夫大丈夫。忘れ物があったら取りに戻ったらいいから」

「そんなすぐなの？　うちの近くに遊園地とかあったっけ？」

「すぐそこよ、そこ」

すぐそこ、と言ったまじょばちゃんが指していたのは、私が住んでいるワンルームの壁。

何もないはずのそこに、古めかしいドアが出現していた。

「……えっ」

「すぐ出勤できたほうがいいでしょ？　向こうにキッチンはあるけど、お風呂とかトイレはやっぱり自分ちのほうが落ち着くだろうし～」

「え、いや、えっ？」

我が城である築浅賃貸ワンルームの白い壁に、さっきまでなかったはずの黒い木製のドアがある。そのドアは何百年も使っていたかのようにボロボロで、黒い色はところどころ色褪《いろあ》せて、金色のドアノブも錆《さ》びてザラザラしていそうに見えた。手前にある自分で組み立てた三段カラーボックスとのギャップがすごい。

「何これ？」

「ドアよ」

「それは見たらわかるけど」

平然と言うまじょばちゃんは何者なのか。立ち上がってドアに近付いてみるけれど、近くで見てもドアはやっぱりドアだった。周囲には同じ黒色のドア枠があり、蝶番《ちょうつがい》でくっついている。どこからどう見てもドア。

金のドアノブを握ってひねってみると、それは軽く回転し、キイと開いた。

「……」

開けた扉の向こうにはなぜか、見たことのない薄暗い空間が広がっていた。

まず照明がどう見てもランプ。ＬＥＤのそれっぽいのではなく、本物の火が揺らめいている。その次に目に入るのは、大きな部屋を半分に区切るように作り付けられた木製のカウンター。カウンターの下には作り付けの引き出しがあって、その手前にスツールが一脚。天板の左側、壁に少し近い位置に切れ目と蝶番がついている。その天板を開けて向こう側に移動できるようだ。

「いやいや」

私の部屋は二階の角部屋で、窓のないこの壁は一番端。位置的に、壁の向こうには何もないはずだ。アパートの外も隣の敷地までは多少距離があるので、もし穴が開いたとしても外の風景が見えるだけなはず。なのに、ドアの向こうにはしっかり木の床があって、ずっと昔からあるような年季の入ったカウンターや棚がある。

「いやいやまじょばちゃんどういうこと⁉　敷金消えちゃうんだけど⁉」

「バイト先だよ～」

「だよ～じゃないでしょ！　何なの？　なんでこんなのがいきなりうちに」

「だっておばちゃん魔女だもん」

まじょばちゃん、魔女だった。

「いや魔女って何。本物？　でもおばちゃん日本人でしょ」

「日本人でも魔女なれるもん！」

「もん、じゃないから。いや、魔女だとしても壁にドア付けるとかどういうこと？　物理的にありえないでしょさすがに」

「迷宮の空間の一部をこっちと繋《つな》げたの。通勤三秒で通いやすいでしょ」

「いや通いやすいけども……」

もしかして、その分でいくと迷宮も本物なのでは。

いやだから迷宮って何。もしかして私の知ってる世界じゃない世界が存在してるの。

「……あの、命の危険とかあるならやりたくないんだけど」

「かわいい姪《めい》っ子《こ》にそんなことさせるわけないでしょー。ユイミーちゃんはこのお店から出られないし、ユイミーちゃんに危険は及ばないから」

「それも魔術なの？」

「魔術なの。あと、はいこれ」

まじょばちゃんが差し出したのはブレスレットだった。幅五ミリくらいの細いもので、金属のような触り心地だけれど、表面は細かい模様の七宝焼《しっぽう》みたいに見える。

「これなに？」

「んー、お守りみたいなものかな。これがあれば誰かに攻撃されることもないよー」

「なんかすごい」

「あと身に着けると、迷宮の文字や言葉がわかるようになるよ！」

「すごい。ていうか言葉違うんだ」

「他にも怪我《けが》しなくなったり病気にかかりにくくなったりするよ！」

「それもすごい。逆にヤバそう」

「ヤバくないから！　ちょっと色々異世界のアレをアレしただけだから！」

まじょばちゃんが慌てるところを見るあたり若干ヤバそうだけれど、姪っ子に危ないものを渡したりはしないと信じたい。

「ここでバイトする期間は常にそれを身に着けててほしいから、手首にでもはめといてくれる？」

言われて、左手の手首にはめる。少し緩かったそれは手首に触れた途端にぴったりサイズになった。

「縮んだ！」

「長さ調節できるから、邪魔なときはぐーって肘のほうにやっちゃって。取り外しはちょっとコツがいるから、外したいときは言ってねー」

細いブレスレットを肘まで移動させてみると、腕の幅に合わせて輪っかが大きくなってキツくならない。反対に外そうとしてみると、磁石で引っ張られているかのように手から離れなかった。

これ、呪いの装備なんじゃ。

私がまじょばちゃんを見ると、まじょばちゃんはグッと親指を上げた。

「ちなみにこれ着けて迷宮入ると自動で勤務時間記録してくれるから！」

呪いのタイムカードだった。

「……まじょばちゃん」

「さー準備万端！　あとは向こうの人に訊《き》いて！　いってらっしゃーい！」

「えっ」

未《いま》だに話についていけてない私の背中を、まじょばちゃんがドーンと扉のほうへと押し出した。

その勢いに押されてよろめき、私の足がワンルームのフローリングとは違った本物の木床を踏む。

それと同時にバタンと扉が閉まった。

「ちょっとまって私準備なにもしてないけど⁉　まじょばちゃん⁉」

慌てて扉を開けて戻ると、なぜかまじょばちゃんの姿はどこにもなかった。無人の部屋の真ん中に、ひらりとメモが着地する。

『頑張って稼いでね　またメールします　　　魔女おば』

「いやメールしますじゃないでしょ‼」

叫んでもまじょばちゃんの返事はない。

これから先の人生、誰の紹介であったとしても、バイトは十分に内容説明してもらってから受けるかどうか決めようと心に誓った。

「もう……」

私は溜息《ためいき》をひとつ吐《つ》いてから、お土産のマカダミアナッツチョコを掴《つか》み、もう一度扉の向こうに戻ることにした。バイトをやると言ったからには、やらないと。意地でも一五〇〇円もらわないと。

ホコリくさくて薄暗い部屋の中をゆっくり進む。カウンターに近寄り、指でそっと天板をなぞると、くっきりと線がついた。随分とホコリっぽい。よく見たら床もホコリだらけで、靴下ががっつり汚れていた。まかないだけでなく、スリッパも支給してほしい。

私がまた溜息を吐いたその瞬間、カウンターの向こう側からゴツゴツ、と大きい音が聞こえてきた。そっちに目をやると、薄暗い中にドアがあることに気が付く。そのドアの向こうからもう一度、ゴツゴツンとノックするのが聞こえた。

「えっ……お客さん⁉」

まだマニュアルも開いてない。どう応対したらいいのか、そもそも何を売っているのかすら一切わかっていないというのに。

私が棚を覗《のぞ》いたり周囲を見回しているうちに、ノックは止《や》み、そしてガチャリとドアノブが回る音がした。ホコリでうす灰色になったドアが、きしみながらゆっくりと開く。私は慌てて姿勢を正して、とりあえず笑顔を作る。そして私の接客スマイルは、次の瞬間あっさりと崩れた。

入ってきたのがどう見ても魔王だったからである。

「…………………」

まじょばちゃん、今度会ったら首根っこ掴んで揺さぶりつつ小一時間問い詰めてもいいかな。

鼻筋の長い、動物っぽい骸骨のくすみ具合や、その目の奥に不思議に揺らめいている光源不明な紫の光が、作り物というにはリアルだった。背の高いその魔王的存在を包むような漆黒のモヤも、どういう仕組みで作り出されているのか全くわからない。

迷宮が本物なら、そこに住むモンスターも本物……なのだろうか。

どう考えてもありえない世界に紛れ込んでいる。物理丸無視敷金粉砕ドアの出現からうすうす気が付いていたけれど。

私が今いるこの空間は、私の知っている地球の常識からかけ離れたところにあるらしい。

「……いらっしゃいませー」

とりあえずバイトの基本として挨拶してみたけれど、紫色に光る目はじっと私を見つめたままだった。レーザーポインターみたいな、目に入るとよくない光だったらどうしよう。

そのまま待っていると、不意に闇色のモヤがゆらめいた。モヤを形作るように纏《まと》っているボロボロの黒いローブから、不意に腕が現れる。

魔王の腕、真っ黒だ。

『例のものを』

一瞬、室内なのに雷が鳴ったのかと思った。低く唸《うな》るような声は声だと理解するのに時間がかかり、さらに目の前の存在が言葉を喋《しゃべ》ったのだと理解するのにも数秒を要した。魔王、喋った。

そして、黒い手がカウンターの上に何かを置く。硬い音を立てて置かれたそれは、山のような金貨だった。五百円玉を二倍にしたような大きさの、ぎらっぎらの金貨がひと山積み上がっている。

もしこれが本物の金なら、ものすごい価値があるのでは。

私は大きく息を吸い、そして笑顔を作った。

「……大変申し訳ございません、お客様。私、たった今ここに入ったばかりでして、お客様のお望みの商品がどちらなのかまだ把握できておりません」

丁寧に頭を下げる。人はなぜか、理解できる範囲を超えた出来事に遭遇すると、冷静になるらしい。私の心は疑問よりバイトモードを優先することにしたようだ。

「商品をお教えいただければお探ししますが、かなりお時間を頂いてしまうかもしれません。よろしいでしょうか？」

私が訊《たず》ねると、魔王はしばらく沈黙した。それからまた黒い腕を伸ばし、金貨を回収する。金貨の山は、魔王の黒い手に触れるとすっと消えるようになくなった。

『再び姿を現そう』

「お手数をおかけして大変申し訳ございませんでした」

深々を頭を下げる。魔王は音もなくカウンターに背を向けると、浮いたままますーっとドアのほうへと移動し、そしていなくなった。

バイトモードのままでそれを見送り、それから私はカウンターの上で頭を抱えた。

「……いやどういうこと⁉」

初来客、魔王。ご注文、例のもの。

魔王が常連客なバイト先が時給一五〇〇円というのは、安すぎる気がする。というかこの店、本当に何を売ってるんだろうか。

私はしばらく頭を抱え、両肘もホコリで灰色になった。

二章　アシスタント・テピテピ

一　小さくて白いものたち

　部屋をよく見ると、空間を半分に区切るように置かれたカウンター、それを挟んだ左右の壁は、床から天井まで棚が作り付けられている。乾いた植物が逆さに吊《つ》られていたり、不思議な色をした鳥の羽根が瓶の中に何本も入っていたりするところは、ファンタジーというか怪しい雰囲気を感じる。どこもかなりホコリっぽかった。

　振り向くと、背後にある壁には私の部屋に通じるドアの隣に、もうひとつドアがあった。

「キッチンだ」

　開けてみると、先程の部屋の退廃的な印象とは正反対に、普通のマンションの一室のようなキッチンがあった。シンクに三口コンロ、冷蔵庫に換気扇、オーブンレンジもある。床も私が住んでいる部屋のフローリングと変わらないような綺麗《きれい》な材質で、ホコリが落ちてない。ここも私の部屋みたいに、どこかの空間と繋《つな》げた場所なのだろうか。

　振り返ったところのホコリまみれな部屋とのギャップがすごい。

「……とりあえず、掃除でもしよっかな」

キッチンのシンクの横にまじょばちゃんのお土産《みやげ》のマカダミアチョコを置き、ホコリまみれな部屋に戻る。棚の陰で見つけたホウキを手に取った瞬間、カチャ、と音が聞こえた。

さっき魔王が出入りした、カウンターの向こうにあるドアのドアノブがなんか揺れた気がした。

そのまま固まっているともう一度、カチャ、と音が鳴る。音と連動してドアノブが揺れたので、どうやら誰かが入ってこようとしているようだ。

「……」

まさかこんな状況で、また、お客が来たんじゃなかろうな。

こんなハイペースで来客されたら、今日一日何もわからないまま終わる気がする。ここに来る前にまじょばちゃんはマニュアルあるとか言ってたけどまだ探せてないし、仕事を見てくれるらしい人も来てない。せめて応援に来てくれる人に紹介していってほしかったよまじょばちゃん。

どうしようか迷いながら待っていると、カチャ、カチャ、とドアノブが揺れ続ける。

……全然入ってこないけど、ドア、鍵でも掛かってるのかな？

もういっそ、いないフリしたい。でもブレスレットが私の出勤を記録しているはずだ。バイトしているなら、ちゃんと仕事をしないと給料をもらえない。

私はカウンターの左側の天板を開けて、ドアの前へと向かった。覚悟を決めてカチャカチャと微妙に動いているそれを握り、こちら側から開けた。

キイ、と意外に軽くノブが回り、そしてドアが開く。外はなんだか洞窟のような、土を掘った穴みたいな通路が続いているようだった。松明《たいまつ》が揺らめいて灯《あか》りになっている。炭坑と言われたらそんな気もするし、迷宮《ダンジョン》だと言われたらそうなのかなと思うような光景である。

誰もいない。

「ん？」

と、思ったら、何かが部屋の中に入り込んできた。

入り込んだというか、倒れ込んだというか。

私の腰くらいの高さの何かが、ふわっとこちら側に転ぶ。コロコロと転がる姿があって、それはひとつのものではなく、小さいものが集まって小山のようになっていたらしいというのがわかった。

ひとつひとつは、ピンポン球くらいの大きさをしている。

「え？」

何これ。

眺めていると、コロコロと転がった白いものがピクッと動いた。むくりと起き上がったそれには、黒くて丸い目のようなものがふたつ付いている。

白いものはなだらかな円錐形《えんすいけい》というか、スライムのようなシーツお化けのような、上が丸くて下がうねうねしてちょっと広がった形をしていた。パチパチと丸い目をしばたかせ、テピ、と聞き慣れない音を発する。他の白いものも起き上がり、てぴてぴと謎の音を立てながらひとまとまりに集まってこっちを見上げた。あの有名な、未来から来たネコ型ロボットの足音みたいな変な音だ。

いや、何これ。

いやこれ迷宮、いや何。

混乱していると、ふと私が握っているドアノブの向こう側、レバータイプのノブにもひとつ白いのが付いていている。金色のレバーにフラフラとしがみついていたそれが、ちょうど落ちそうになった。

「あっ、と」

つい手を出してキャッチしてしまった。手のひらに落ちてきた感覚はぽすんと軽く、温かくも冷たくもない不思議な温度をしている。コロンと手のひらの上で転がった白いものは、ギューと瞑《つぶ》っていた目をそろそろと開け、ムクリと起き上がって周囲を見渡す。それから私をじっと見上げた。

手の上にいる白いものは、マシュマロのような色合いをしている。非常に軽く、持っているのかいないのかわからないくらいの重さと感触だ。下側のうねうねした部分が微妙に動いていて、それがてぴてぴと謎の音を立てると同時にムニュムニュと手のひらを優しく押しているような感覚がした。なめくじみたいに動いているのかもしれないけれど、手の上には特に粘液の跡は付いていない。

よく見ると、体の真ん中あたりに二本、ちっちゃな突起のようなものがあった。手だろうか。

「……あのー、大丈夫？　ですか？」

恐る恐る声を掛けてみると、さわさわと、いやテピテピと足音に似ているけれど少し高い鳴き声っぽい音を出して小さくざわめいていた床の上の白いの集団が静かになる。

……なんだか集団が私のことを見つめている気がする。

「落ちそうだったからつい受け止めちゃった。はい、どうぞ」

しゃがんで白いものを乗せている手をそっと床に付けると、しばらくてぴてぴと手の上を動いていた白いものが、中指の先へと動いて床へと移る。てぴてぴと小さな音を立てながら、他の白いものがそれに近付いていった。

見たことない生き物だ。私が今までの人生で見てきた生き物との共通点が少なすぎる。

じっと観察していると、白いものはさわさわ、いやてぴてぴと寄り添い合って何やら意思疎通をしていたるような動きをしていた。

こんな小さいのに脳が大きいのかな、と思いながら見ていると、先程手から降りた白いものがてぴてぴと私のほうへ進み出た。

二　テピ！

マシュマロっぽい謎生物の一匹、つぶらな目と私の目が合う。

しばらく見つめ合ってから、白いのは小さな手らしきものを片方、すっと挙げた。

「テピ！」

一際大きく鳴る音。いや、足音よりははっきりしていたから鳴き声かもしれない。

片手を挙げた白いものと、その後ろにいる沢山の白いものがじーっと私を見上げていた。

「……こんにちは？」

返事をすると、手を挙げた白いものがピャッと飛び上がった。前に出ていた一匹はテピテピーッと鳴き声を上げながら集団のほうへと素早く移動していって、集団で盛大にざわざわ、いやテピテピし始める。

やがてもう一匹、さっきのとは別の白いものがちょっとこっちに来て「テピ！」と片手を挙げる。

「こんにちは」

「テピテピッ！」

ビビッと震えたその白いのも、集団に飛び込むように戻っていって他の白いのに揉《も》まれている。

何なのだろう。というか今の、挨拶でよかったのだろうか。

わいわい、いやテピテピしている様子を眺めている限り、なんだか楽しそうな雰囲気のように見える。小学校の頃、アメリカザリガニの威嚇を喜びのポーズだと誤解していたことがあるので、私の理解が正しいのかはちょっとわからないけれど。

「テピ！」

「こんにちは」

「テピ！」

「こんにちは」

「テピ！」

「こんにちは……」

白いものが意を決した風にこっちに来ては片手を挙げ、私の返事を聞いてピャッと戻っていく。というのを何度か繰り返していると、ざわざわというかテピテピが大きくなり始めた。大丈夫かな、私の反応はこれで合ってるのかな。

騒がしい集団をしゃがんだまま見下ろしていると、ある白いのが小さい両手をピコピコと素早く上下に動かしながらテピーッと大きく鳴いた。それによってざわめきが小さくなると、私のほうへずいずい、いやてぴてぴと歩いてくる。

「テピ‼」

全員順番に挨拶しているのだろうか。律儀な生き物だなあ。

白いものにならって、私も片手を挙げてみる。

「テピ」

「……!!!」

挨拶をした一匹だけではなく、集団の全員がビビビッと飛び上がった。

一瞬でしんと静かになった白いものたちが、つぶらな目で私をじーっと見つめている。

なんかその目が、心なしかキラキラと輝いているように見えるのは気のせいだろうか。

ものすごく見られているので、私はもう一回片手を挙げてみた。

「テピ」

「……テピーッ!!!」

集団の鳴き声というか声というかが、揃《そろ》って大きな返事になった。

もはや気のせいどころではなく目をキラキラさせた白いものたちが、てぴてぴてぴと小さな音を立てながらじわじわ近付いてきた。鳴き声なのか足音なのかよくわからない音だ。

「テピーッ!」

「テピ」

「テピーッ!!」

「テピ」

「テピーッ!!!」

なんかの決起集会だろうか。私が返事をするたびに、白いもの集団のテンションが上がっている気がする。

「テピーッ!!!」

「……て、テピーッ！」

「テピテピーッ!!!」

イエーイ、みたいな感じで返事をしてみたら、もはや集団はお祭り騒ぎになってしまった。片手を高く挙げようとピョンピョンジャンプしているもの、キラキラを通り越して目をウルウルさせているもの、周囲を動き回っているもの、他のとぎゅむぎゅむぶつかり合っているもの。ひたすらじーっと私を見ているものなど、それぞれがそれぞれの動きでテピテピ騒いでいた。

なんか、かわいい。

「あのー」

声を上げると、騒いでいた集団はピタリと静かになって私はちょっとびびった。白い生き物たちは私の周囲にぎゅっと近付いて、沢山のキラキラおめめで見上げてくる。

「お客様ですか？　私、今日からバイトに来た野々木由衣美《ののぎゆいみ》です」

「テピーッ！」

「ほんとさっき来たばっかなので、とりあえずマニュアルを探してきますね」

「テピーッ!!」

私の言葉、理解してもらえているのだろうか。

立ち上がって、白いものを蹴飛ばさないように横に一歩動いてからカウンターのほうへと戻る。

すると、テピテピテピテピと鳴き声だか足音だかを立てながら集団が後ろを付いてきた。急いでいるのか勢い余ってコロンと転がってしまっているのもいる。

ちっちゃなオバケみたいな集団が小ガモのように付いてくる姿はなんともかわいい。

「ちょっと待っててくださいね」

和みながらそう声を掛け、カウンターの向こう側へと急いだ。

あちこちを見回して、カウンターの下に大きな本が置いてあることに気が付いた。分厚いそれをよっこいしょと取り出してカウンターの上に置くと、表紙に「接客マニュアル」と書かれている。歴史がありそうな古めかしいハードカバーに、日本語。なんか合わない。

そういえばまじょばちゃんが、ブレスレットのおかげで文字も言葉もわかると言っていた。つまりこれは、元は違う言葉で書かれているのだろうか。どういう翻訳システムなんだろう。

感心してから、ふと思う。言葉が通じるようになっているなら、白い集団の出しているテピテピ音はやっぱり鳴き声、もしくは足音なのだろうか。

三　やる気のあるアシスタント

マニュアルをめくっていると、向こう側からテピテピテピテピテピと音が聞こえる。背伸びをして、音がしているほうをカウンター越しに覗《のぞ》き込《こ》んだ。

「テピ……」

「テピッ」

「テピー！」

カウンターのすぐ向こう側で、白いものが固まって山を形成していた。

ピョンピョンと跳ねていた白いものが、また一匹その山に加わる。てぴてぴと仲間を登っていき、てっぺんに辿《たど》り着《つ》いてプルプルと片手を伸ばす。その手のうんと先にはカウンターがあった。

「あ、届かないのか」

マニュアルを置いてから白い小山の前でしゃがみ込む。両手のひらを上にしてくっつけ、床の上に置いてどうぞと言うと、テピテピ？　と不思議そうに小さい手を動かしながら白いものたちが周囲に集まってきた。

「乗ってください。カウンターの上に運ぶので」

そう言うと、集団はにわかにざわざわ、いやテピテピし始めた。何かを話し合っているような雰囲気のあとに、一匹が近付いてきた。乗りやすいように手を床にしっかりくっつけると、ソロソロとした動きで白いものがてぴてぴ乗ってくる。じっと下を見つめながら手のひらの上を少し動き、それから私を見上げる。

「テピ？」

「そうそう、乗ってくれたらこうやって、はいどうぞ」

できるだけ揺らさないようにそっと持ち上げて、カウンターの上に一匹を運んでみせる。手から降りた白いものは、またキラキラした目で私を見上げていた。

床にいる残りの集団もキラキラした目で私を見上げていた。小山もキラキラしている。

「わかったかな？　どうぞー」

もう一度両手で作ったゴンドラを床に付けると、今度はわっと集団が群がった。我先にと手に乗りたがるあまり、小さな手を使って手首によじ登ったり、テピテピと小さな手を使って喧嘩《けんか》をしたりしている。ぎゅっと目を瞑りながら小さな手でポコポコと叩《たた》き合《あ》っている姿、見ている側がとても微笑《ほほえ》ましかった。手、小さいからほとんど当たってないし。

「あ、ほらほら大丈夫だよー。みんな運ぶのでー」

こんもりと両手の上に盛られた白いものを、こぼさないようにカウンターの上へと運ぶ。キラキラした目で降りた集団は、わーいと喜んでいるように両手を挙げていた。もう一度しゃがんで残っている集団を乗せる。残されそうになった一匹が慌てて小指にきゅっとしがみついたので、それが落ちないようにと気を付けて持ち上げる。もう一度最後の数匹を乗せて運ぶと、今度はカウンターの上がお祭り騒ぎだった。両手を挙げててぴてぴと動き回っている。

そんなにいちいち騒いでもらえると、なんだか照れてくるな。

はしゃぎすぎたあまりカウンターから転げ落ちそうになった一匹をキャッチして戻してから、私はカウンターの向こうへと戻る。本を挟んだ位置に行くと、白いものたちも開いたマニュアルを囲むようにして覗き込み始めた。

「えっと……給与体系……は今はおいといて……サービス一覧かな、とりあえずは」

古びた紙の目次を指でなぞると、白いものたちもテピテピと喋りながらそれを目で追っていた。すーっと指を動かすと目線も一緒にすーっと動くのでなんか楽しい。スイスイと指を動かすと視線もスイスイ動く。ページの端に指が来ると、近くの白いものたちが手を伸ばして触ろうとしてくるのもかわいかった。

いや遊んでる場合じゃなかった。大きなページをいくつか掴《つか》んで持ち上げ、パラパラとめくっていく。紙は茶色っぽくて古いけど、破れたりはしなさそうだ。

「えーっと、あ、ここだ」

サービス一覧と見出しに大きく書かれているページを見つけて手を止める。そこを開くと、白いものたちも興味深そうにじっと眺めていた。

売るもの、という大きな字の下には物品の販売と書かれた項目があり、ずらずらと品物らしき単語が並んでいる。「新鮮青目玉」って何だ怖い。次の項目には食品と書かれていて、そこにも色々と料理っぽいものが並んでいた。結構種類あるけれど、調理できるだろうか。不安だ。

「この中に欲しいもの……ありますか？」

尋ねてみると、白いものたちはテピテピと話し合いらしきものを始めた。じーっと文字を眺めたり、隣のとあれこれ言い合ったり、勇気を出してマニュアルの上に登ったものもいる。

書かれているものを読みながら、白いものたちの話し合いが終わるのをしばらく待つ。一通りページに目を通したところで、マニュアルの上に乗った白いものが「テピ！」と片手を挙げた。

「はい、どれですか？」

「テピテピ、テピ！」

私がちょっと屈《かが》んで視線を合わせると、白いものは短い手をピコピコと動かし、それからまた片手をぴっと挙げた。

全然わからない。かわいいけど、全然通じない。

まじょばちゃん、このブレスレットちゃんと仕事してない気がする。

「えーっと、欲しいものを指してくれますか？　食べもの？」

指差しすると、白いものはしばらく考えてからてぴてぴと移動し始めた。左側のページから、境目をよじ登って右側のページへ。そこもてぴてぴと移動して、白いものは端へと行き着いた。右下の角で止まった白いものが、その角を指して私を見上げる。

「テピ」

「……ページをめくる？」

「テピ！」

近くにいた他の白いものもそこを指しているので、そっとページを指で持ち上げる。すると、分厚いページの山と動いた足元によって上にいた白いものがコロコロと転がった。左右のページに挟まれるように真ん中で止まる。

「あ、ごめんね。大丈夫？」

「テピ」

転がった白いのは元気そうに片手を挙げて返事した。そっと手で持ち上げて、次のページに移動させる。テピテピと手を伸ばしている周囲の白いものも挟まないように気を付けつつページから手を離すと、そこには「買うもの」という項目があった。

このお店、売るだけでなく買うこともあるのか。

細々《こまごま》書かれている文字を読んでみると、どうやら迷宮で取れたものをここで買い取りしているらしい。「黄金の羽根」はまだわかるけれど「蘇生《そせい》済み死体」って何なんだろう。蘇生したら死体ではないのでは。というかそんなの持ち込まれたら困る。引き取りたくない。

かなりゲテモノな買い取り品目に戦々恐々していると、白い集団が呼んでいるようにテピテピーと手を挙げてこっちを見上げていた。

「あ、ありましたか？」

「テピ！」

ページの上に載っている白いものが、意気揚々と短い手を使って指したのは、「手伝い」と書かれているところだった。

手伝い‥してほしいことなどがあれば金を払い労力を買う。迷宮内に欲しいものがあった場合は依頼して取ってきてもらう。値段は応相談。

いわゆるサービスを買うというやつだろうか。

例えば「蘇生済み死体」とかを持ち込まれた場合、お金を払って誰かにそれを運んでもらったりできるのかもしれない。それは便利だ。

「手伝いというと、どういうお手伝いを……？」

今は死体も何もない状態なので、私としては特に手伝ってほしいことはない。

なので聞いてみると、白いものたちはざわざわ、ではなくテピテピと話し合い始めた。

「テピッ！」

「テピテピー」

「テピーッ」

「テピ……」

そして話し合いの結果を私に一生懸命伝えようとしているのだけれど、これがまた全然伝わってこない。身振り手振りでアピールしているものの、なにせ手が短いし指もないものだから、むやみにピコピコと動かしているようにしか見えないのだ。下半身は足すらないので、むにむに動いているだけである。

あっちでピコピコ、こっちでピコピコしながらテピテピと言葉らしきものを発している姿は、かわいさしか伝わってこなかった。

「えーっと、手伝いをしに来たんですよね？」

「テピッ！」

「何の……え？　ページ？　本？　え、何？　こっちのページ？」

「テピテピ」

「売るもの……買い物したい？　ではない。したいのは手伝いで、手伝い……お店の手伝いがしたい！」

「テピーッ!!」

正解、と白いもの集団が沸いた。私も喜んでしまった。コミュニケーションって大変だ。

小さな白いものたちは、私がお店をやる手伝いをしにやってきたらしい。

そこまで考えて気付いた。

「……もしかして、まじょばちゃんが言ってた、しばらく仕事見てくれる人があなたたち……だったりする？」

わいわいならぬてぴてぴ騒いでいた集団が静かになり、テピテピとなにやら話し合っている。それから一匹がこっちを向いて「テピ！」と手を挙げた。

「えっ、ほんとに？」

「テピ」

「バイトのあれこれを教えてくれる人たち？」

「テピ！」

マジでか。

てっきり人間の先輩的な、別の場所で働いてる人みたいなのが応援に来て色々教えてくれるのかと思ってたんだけど。でもお客が魔王なんだったら、応援に来てくれる人も人間じゃないことだってありうるのかもしれない。

ここは迷宮なんだから。

「えっと……よろしくお願いします」

「テピー！」

とりあえず頭を下げると、白いもの集団が楽しそうに騒ぎ始めた。

うん、怖くて厳しい人とか、魔王的な見た目が怖そうな人じゃないところはよかったかもしれない。人ですらないけど。

四　空回りするアシスタント

見知らぬ場所で見知らぬバイトを始めたら、仕事を見てくれる先輩が小さな謎の生き物だった。

誰かに話しても信じてもらえないというか「あなた疲れてるのよ」的な反応を貰《もら》いそうな出来事である。

「テピー」

小さな白いものたちは、その姿からすると巨大なマニュアル本によじ登っていたり、カウンターの上をてぴてぴ歩いていたり、こちらを見上げていたりと好きなように動いている。じっと見ていると「テピテピ」とマニュアルの手伝いという字をアピールされた。

なんだろう。自分たちはあくまで手伝いなのだから、まずは自分で考えて動いてみろ、というアレだろうか。

「えっと、じゃあとりあえず掃除をしようと思うんですけど、いいですか？」

「テピ！」

元気な返事をもらったので、私は彼らが来る前にやろうとしていたことを続けることにした。ホウキを持って床を軽く掃くと、灰色のホコリが塊になって転がるのが見える。とりあえず、ホコリだらけになった靴下は脱ぐことにした。

「あ、棚からやったほうがいいのかな……これ時間かかりそうだなー」

部屋の左右の壁を覆う棚は、上から下まで様々なものが置かれている。そしてそれら全部が分厚いホコリをかぶっていた。品物と棚の両方を綺麗にしなくてはいけない。

これ、いつから掃除してないんだろうか。まじょばちゃんに文句言いたい。

棚に近寄り、青い砂みたいなのが入ったホコリまみれの瓶を眺めていると、カウンターの上が騒がしくなっていた。こちら側の端に白いもの集団が集まって何やらテピテピ言っている。

「なんですか？」

「テピー！」

全然わからないけれど、手伝おうとしてくれている、のかもしれない。私がいた棚のほうに手を伸ばし、ついでに体も伸ばしていた。カウンターから落ちそう。

「手伝ってくれる、でいいですか？」

「テピ」

一匹あたりピンポン球サイズな白いものたちだけれど、集団を合わせればバケツに入れたら山盛りくらいにはなる。私ひとりでやるよりは捗《はかど》るかもしれないなと思って、私は手に白いものを乗せて棚へと運ぶことにした。

「テピッ！」

「テピー」

「あの、慌てなくてもみんな運ぶので」

すし詰めに乗られると落としそうで怖い。そろそろ歩きながらホコリまみれの棚に乗せ、また次の集団を迎えに行った。

最初はちょっと、いやかなりびっくりしたけど、よく考えたら初心者バイトの様子を見に来てくれた人たち（？）である。こう見えて意外に仕事ができるのかもしれない。ついつい見た目からただかわいいだけなのかと偏見を持ってしまっていたけれど、ここは日本ではなく迷宮なのだ。この白いもの集団が敏腕バイトリーダーということだってあるのかもしれない。

白いものたちを運びながら、私はちょっと反省する。

「じゃあ、ここの棚はお願いしちゃってもいいですか？　たぶんこれ雑巾なので、軽くホコリ取ってくれたら嬉《うれ》しいです。バケツ見つかったら水汲《く》んできますね」

「テピ！」

ホウキの近くで見つけた雑巾らしき布を棚に置き、代わりに重くて動かせなさそうなブロンズ製っぽい置物をカウンターに置いた。空いた場所があれば、物を移動させながら掃除できるだろう。白いもの集団に棚を任せて私は床を大まかに掃いておくことにした。やっぱり床がザリザリしているのはつらい。簡単にでもホコリを取っておいて、棚掃除が終わったらまた改めて掃除しよう。

さかさかとホウキを動かして、部屋の端から順番にホコリを掃いていく。時折ちりとりでゴミを回収しながら掃除をしていて気付いた。

この部屋には虫がいない。ホコリは大量に溜《た》まっているけれど、棚の隅や天井の角を見ても蜘蛛《くも》の巣はひとつもなかった。ちりとりに集めたホコリを見ても、虫の気配らしきものは一切ない。

ありがたいけれど、ここまでホコリをかぶっているのに虫が一匹もいないのは不思議だ。これも迷宮だからなのだろうか。

「あ、バケツ発見」

棚の一番下に木製のバケツがあり、調べてみると古いけどまだ使えそうだった。これで水拭きもできる。私はホウキとちりとりを置いて、バケツを持ってキッチンに移動した。ホコリまみれの姿でキッチンを使うのは気が引けたけれど、どうせ一度はこっちも掃除したいし。

「あのー、バケツがあったんで雑巾洗うなら……」

部屋に戻って棚に目をやると、白い集団が黒い集団に変わっていた。

この一〇分かそこらの時間でどこをどうやったらそこまで汚れるのか、というくらいに集団が汚れている。

もぞもぞと動いては自分の体よりも大きな雑巾で棚を拭こうとしているけれど、大きいせいで力を合わせないと動かせず、そして複数で動かそうとするとタイミングが合わなくて白いものが転ぶ。近くにいた仲間も連鎖して転ぶ。ぶつかられたほうが怒って詰め寄って汚れが移り、棚の上で逃げ回って汚れをあちこちに付け、さらに汚れが広がった結果全員が満遍なく汚れていた。

おかげで棚のホコリは若干取れている。棚に置かれていた商品はホコリをかぶったままだった。

雑巾は汚れていなかった。

「……」

手伝いとは。

じっと眺めていると、ハッと気付いた白いもの（黒いけど）がテピテピと周囲に声を掛けて、みんなで慌てて掃除を再開する。けれども連携がうまくいかず、次々にコロコロ転がってさらに汚れを増やしていた。

うん、かわいくはある。

「えーっと、すごい汚れてるけど……体拭く？」

水を汲んだバケツを見せると、黒くなった白い集団はテピ……と大人しくなった。しゅんとしているらしい。

「濡《ぬ》らした布で拭いていいのかな」

雑巾は流石《さすが》に可哀想《かわいそう》だなと思いながら周囲を見回していると、ポチャポチャと音が聞こえた。

見ると集団で入水《じゅすい》している。

「えっ大丈夫⁉」

慌ててすくい上げると、濡れた白いものはテピ……と力なく片手を挙げてまたバケツの中に落ちていく。棚からはポロポロと落ちてくる黒ずんだ白いものたちが、私が持ったバケツの中に次々と入り込んでいた。そのまま体を洗うつもりらしい。間違って床に落ちてしまわないよう、私は慌てて棚の近くにバケツを寄せた。

「浮くんだ……」

ぷかりぷかりと小さな体が水面に漂っている。その上にまたひとつ体が落ち、水面と共に浮かんだ集団が揺らめいた。水に入っても大丈夫なタイプの生き物らしい。山盛りを持ち上げても特に重みを感じなかったことから薄々気付いていたけれど、密度が低いのだろうか。

「あ、ちょっと待って、もう水面いっぱいだからちょっと待ってて」

潜れないのか潜らないのかわからないけれど、仲間の上に乗ってしまい水面に触れていないのが出てきたので慌てて棚の上で待っている集団を止めた。残された集団はテピ……と元気なく返事してその場で待っている。なんかしょんぼりした姿がちょっと可哀想に見えてきて、私は待っててねともう一度声を掛けてからバケツを持ってキッチンへと向かった。

シンクにバケツを置いて、ぷかぷか浮かぶ中にそっと手を入れてみる。

「汚れ、落ちるかな……あ、意外と大丈夫そう」

無気力に漂っている一匹を手に取って水を掛けて優しく擦《こす》ってみると、汚れが綺麗に落ちた。うつ伏せで浮いているのもいたので、顔に水が掛かっても平気なようだ。声を掛けながら水を掛けてあちこち綺麗にしていく。

「おお、ちゃんと白に戻った」

手のひらに乗せてしげしげと観察していると、白いものがテピ！　と手を挙げた。元気になったらしい。細く出した流水で濯《すす》いでから、探し出したキッチンペーパーの上に乗せると、大人しくその上でじっとしていた。

バケツのほうを見ると、水に触れてまだらに汚れた集団がじっと期待を込めた目で私を見ている。

「うん、みんな綺麗にするからね」

「テピー！」

ひとつ取っては指で揉んで、流水で洗い流してキッチンペーパーへ。バケツが空になったら水を流して新しく入れ直し、棚に残ってる集団の回収へ。

途中で面倒になってバケツの水を手でかき混ぜるように洗ってみたけれど、白いものたちは楽しそうにキャッキャと、いやテピテピと声を上げていた。

「頭のほう水滴付いてるから、コロコロして拭いてね」

「テピ」

キッチンペーパーを並べてそう言うと、白に戻ったものたちはコロコロと転がり始める。下側が広がった形になっているので、円を描くように転がるのが見ててちょっと面白かった。

うん。仕事を見てくれる人っていうのは、教えてくれるという意味ではなくて、物理的にただ見てくれる人って意味だったのかもしれないな。

バイトとしては心細い事実だけれど、白いもの集団は見ているとなんか癒《い》やされる。

それでも、迷宮という謎な場所でひとりきりのバイトよりは、かなり精神的には楽かもしれない。

空のバケツでまとめてテピテピと運ばれる集団を見ながらそう思った。

五　本日は閉店しました

バイト開始直後に来た魔王と白いもの集団の他には、お客さんが来る気配はなかった。私は仕事場の掃除に集中し、そして白いもの集団はそれをずっと眺めている。私は立てかけられていた古めかしい脚立を使って、棚の一番上の段に並んでいるものを全てカウンターの上に並べた。棚を一通り拭き上げて、乾くのを待つ間にカウンターのところに置いてあったもののホコリを取り払った。

並べてあったあったそれらは、どうやら全て売り物らしい。かなりホコリをかぶっているので買い手がいないのだろうか。古すぎて劣化してそうだ。よくわからない瓶詰めなどを濡らした雑巾で拭き、つるりとした石はバケツの水に浸けて汚れを落とし、繊細そうなものは乾拭《からぶ》きだけにしておいた。ある程度綺麗になったら全てを戻していく。

カウンターの上にいる白いもの集団は、大人しくそれを眺めていたり、置かれた品物を触ったりして過ごしていた。手伝いのつもりなのか、自分の体で品物のホコリを拭くものもいるので、汚れるとまたバケツで一緒に洗う。一段全部戻し終えたら、バケツの水を汲み直して次の段へ。

その工程を繰り返し、カウンターに立って右手側の棚の掃除は大体終えることができた。

「ふう……今日はこのくらいでいいか」

スマホを見ると、午後七時をすぎていた。

何時から何時までと聞いていなかったので途中でまじょばちゃんにメールしてみたら「好きな時間で切り上げていいよ～」とのんびりした答えが返ってきた。そう言われると逆にやめどきがわからない。部屋に帰ったらメールでもう少し詳しく問い詰めようと思いながら、掃除道具を片付ける。

床も軽く雑巾掛けしたので、とりあえず足の裏がザリザリすることはなくなった。まだもうひとつ棚が残っているしカウンターの下も手を付けていないけれど、空腹が限界に来ている。まじょばちゃんにはこっちでご飯を食べてと言われたけれど、流石に疲れたのでキッチンを探索する元気がない。今日は店仕舞《みせじま》いにさせてもらおう。

「今日はこれで終わりにするね。お手伝いありがとうございました」

「テピ！」

「あの、お金のこととかまだわかってないので、また明日来てもらっていいですか？　訊《き》いておくので」

「テピ」

元気に返事をしてくれた白いもの集団を、また手に乗せて床へと下ろす。てぴてぴと歩く姿を見守りつつ、ドアを開けた。一列になった白いものたちが、小さな手をぴこぴこと振りながら帰っていく。

「バイバイ、また明日ね」

「テピー！」

迷宮の奥へとぞろぞろと帰っていく白い集団。それをドアの隙間からしばらく眺めて、ふうと息を吐く。

ふと視線を上げると、トンネルのような薄暗い道の向こうに何かいる。

黒いボロボロのマント。フードをかぶった下に見える骸骨。腕には大きな鎌。浮いていて、ボロボロの黒布が風もないのにたなびいている。

完全に死神である。

「……」

窪《くぼ》んだ二つの大きな穴から見える赤い光が、こっちを向いている気がする。

フラフラと近付いてきたその姿に、私はとっさに叫んだ。

「ほ、本日は閉店しましたっ……！」

急いでドアを閉め、内開きのそれを両手で押さえる。

なんで白いもの集団が帰った瞬間にそんなのと遭遇するのか。迷宮怖い。魔王も威圧感あったけど、死神は流石に怖い。魂を刈られはしないかとしばらくその状態で怯《おび》えていたものの、ドアにもノブにもなんの振動も感じなかった。そっと耳をすましても何も聞こえない。

諦めてくれたのだろうか。もう一度外を覗く気にはなれず、私は足早にカウンターの向こうへと戻り、そして自分の部屋へと帰った。

一年間の一人暮らしで随分リラックスできるようになってきたけど、死神がいる空間と繋がってる部屋だと思うと全然安心できなくなってしまった。

カラーボックスやら衣装ケースやらを引っ張ってきて、古びた木製のドアを塞いでおく。重さ的にはベッドが一番塞いでくれそうだけれど、寝てる間に強い力で開けられたらと思うと流石にそれはできなかった。

「も～……!!　まじょばちゃん!!!」

死神が出る職場ですって最初に言っといてよ!!

恐怖からの逆ギレモードで怒濤《どとう》のメールを打ち、それから返信を待たずにシャワーを浴びた。温かいお湯で体の汚れを落とすとちょっと落ち着く。空腹を思い出して冷蔵庫を開けると、なくなりかけの牛乳と豆腐、ひき肉、それからちょっとシナッとしたもやしがあった。そのいつもと同じ光景に、なんだか気が抜ける。冷凍ごはんと麻婆《マーボー》豆腐の素を使って適当にごはんを作った。いつもと同じそこそこ美味《おい》しい味でホッとする。

いつもは意識しない部屋の光景の中で、木製のドアがやたらと存在を主張している。

なんか、すごいバイトを始めてしまった。明日から頑張れるだろうか。

前のバイトを始めたときも、似たようなことを考えていたのを思い出した。ちょうど一年前の同じ時期だ。進学のために引っ越して、学校が始まる前にバイトを探していた。辞めたのはついこの前なのに、もう随分昔の話のように感じる。

今のバイトにも慣れるだろうか。

テーブルを綺麗にしてから、レポート用紙を取り出す。そこに筆ペンで大きく「時給一五〇〇円」と書き、それからマスキングテープでドアに貼り付けた。少し離れてドアを眺める。あれは迷宮への扉じゃなくて、バイト先への扉だ。

「……よし」

ちょっとモチベーションが上がった。

私はひとり頷《うなず》いてから、スマホを充電してベッドに潜り込む。明日のバイトもいい感じに終われるように念じながら眠ろう。

……死神は来ませんように。

三章　はじめてのお客様

一　魔王降臨

バイト二日目。アラームで起きたのは八時だった。

結局、寝ている間に死神が入ってきたりする寿命イベントはなかったらしい。静かな春休みの朝だった。

まじょばちゃんからの返信によると「朝は遅くても大丈夫、逆に夜はお客さんが来やすいかもだからちょっと遅くまで出てもらえると嬉《うれ》しいな〜。割増するから」ということだったので、バイト開始は一〇時からに決めた。

朝ごはんを作りつつ、ついでに昼食も作る。それから私は出かける支度をして買い物に行くことにした。

まじょばちゃんいわく、食事は迷宮《ダンジョン》のキッチンにあるものを食べてもいいし、持ち込んだものを食べてもいいらしい。買って持っていくなら、レシートを取っておいたらあとでバイト代にプラスして振り込んでくれるそうだ。上限なしと言われると怪しげなバイトではないかと疑ってしまうけれど、よく考えたら疑うまでもなく怪しいバイトだった。時給が高めなのも、この怪しさをカバーするためだと思えば納得できる。

私は食材の他に掃除道具も買うことにした。これも経費で落としてくれるらしいので、使い勝手の良いものを探して買っていくことにした。まず駅前の百均に寄ってから、近くにある大きめのドラッグストアも覗《のぞ》く。昨日の掃除で雑巾が随分汚れてしまったのと、なんだかベトベトした汚れが落ちなかったところがあったので、その対策を中心にあれこれと洗剤を選んだ。自分の家計からの出費じゃないと思うと、心置きなく選べて楽しい。かさばったビニール袋を手にドラッグストアを出ると、ふと雑貨屋が目に入る。

昨日一日見ていたような怪しげでホコリをかぶったものではなく、新品が綺麗《きれい》に陳列された棚が眩《まぶ》しい。店内をなんとなく歩いていて、ふと目に付いたものを買ってしまった。

「あ、もうこんな時間か」

慌ててスーパーへと行き、お昼用の食材を買う。調子に乗って買いすぎたせいで帰りは腕がもげそうだった。

「おはよーございまーす……」

買ってきたものを手に、一〇時五分前にドアを開ける。もちろん誰もいないので特に返事はない。軽くカウンターの向こう側を覗いて誰もいないか確かめてから、キッチンで食べ物をしまった。

大きな冷蔵庫は、両開きの扉を開けると三分の二くらいものが入っていた。ベーコンっぽい真空パックのものもあれば、よくわからない球体もある。ラップに包まれているものや葉っぱに包まれているものには商品名が書かれた紙の札が付いていた。雑然としているけれど、冷蔵庫自体は綺麗だ。匂いも特にない。

私はちょっと迷ってから、買ってきた食材を冷蔵庫に入れた。

掃除道具を取り出して腕まくりをしていると、昨日と同じようにカウンターの向こうからレバー式のドアノブがかちゃかちゃかちゃいう音が聞こえてきた。ドアを開けると、てぴてぴと白いもののタワーが倒れるように入ってくる。ノブに手を掛けていた一匹は、また落ちそうになったので手でキャッチした。

「大丈夫？　おはよう」

「テピ！」

「あ、テピー」

「テピー!!!」

テピテピと手を挙げて口々に挨拶しているところを見ると、今日も元気らしい。

そして今日も手伝いに来たらしい。

「テピ」

「ちょっと待って」

カウンターに載せてほしそうな白いもの集団を見て、私はカウンターに置いてあったビニール袋をあさった。

「はい、どうぞ」

持ってきたのはトレーである。食器を運ぶための長方形のそれは、長辺がおよそ五〇センチ。竹を貼り合わせた素材で作られていて、持ってみると見た目よりも軽かった。雑貨屋で見かけたときに、ピンポン球サイズの白いものたちが頑張れば全員乗れそうだなと思って買ってみたのだ。

「どうかな？　これに乗ったら一回で運べるし、ちょっとフチがついてるから落ちにくそうだし」

柔らかくて軽いので、手で運んでいると落としそうで心配だったのだ。トレーだと一気に運べる上に、当然だけど普通のお盆としても使える。

私が竹製のトレーを床に置いてさあどうぞと言うと、白いものたちはしばらくそれをじっと見てからテピ……！　と何やら体を震わせていた。

「フチ越えられる？」

「テピ！」

「詰めて乗ってね」

「テピ……」

乗りやすいようにお盆をちょっと傾けている私の手に、白いものが手を伸ばしてきゅっ……と抱きつくようにくっつき、それからお盆の上に乗っていく。順番にみんな抱きついてきているのは、お盆移動が嬉しいからだと思っていいだろうか。つぶらな目もキラキラしている。

きゅっと抱きついてからトレーに乗る列がようやく待機ゼロになると、白いものたちはいい感じにおさまった。真ん中の辺りはちょっと重なっているのがいるけれど、体が軽いからか乗られているほうもあまり気にしていない。

「じゃあ持ち上げるね」

テピーという合唱を聞きながらトレーを持ち上げてカウンターに置く。楽しかったのか、白いものの半分くらいはキラキラした目でトレーから降りようとしなかった。フチをそっと触っていたり、一面を転がってみたりとエンジョイしている。

今日も掃除だし、特に手伝ってもらうこともないので自由にしててもらう。

「えーっと、脚立脚立」

今日は残りの棚を掃除することからだ。昨日と同じ要領でホコリのかぶった品物を取り出してカウンターに置き、空になった棚を掃除する。部屋にあった汚れた雑巾でまず拭いて、そこそこ綺麗になったら買ってきた雑巾で拭くことにした。

新品のマイクロファイバー雑巾は、品物を拭くのにかなり役に立った。濡《ぬ》らして拭くのもいいけれど、乾拭《からぶ》きに使うとガラス瓶がピカピカになる。白いものたちにもその輝きがわかるのか、集まってはピカピカになった瓶を見上げていた。ホコリまみれの品物を触った手で触れようとしている白いものがいたのでそっと隔離しておいた。

「この小さい石っぽいの、洗ってきたから拭いてくれるかな？　ここに置くから、この小さい雑巾で拭いてね」

「テピッ!!」

白いものたちにそうお願いすると、三匹ほどの白いものがしゃきっと手を挙げて元気な返事をしてくれた。手伝いを自ら申し出ていただけあって、見ているだけよりは何かしていたいらしい。他の白いものたちも嬉しそうに集まってきた。

キッチンペーパーをトレーの上に広げ、洗ってきた石を並べる。三センチ四方くらいに切った雑巾を白いものたちに渡すと、一枚を二、三匹で持ちながらぎこちなく水滴を拭き始めた。相変わらずコロンと転がったりもしているけれど、お盆の上なら落ちる心配もない。きゅっきゅっと小さな雑巾で一生懸命石を磨いている白いものもいて、眺めていると非常にかわいくて癒《い》やされた。

白いものたちが手伝えそうなサイズと質感のものを先に洗い、トレーの上で拭いてもらっている間に棚の掃除を片付けていく。新しい洗剤を導入したこともあって、お昼になる頃には棚の掃除をあらかたやっつけることができた。

「よし、おわり」

「テピー!!」

「手伝ってくれてありがとう」

わーいわーいと喜んでいる白いものに声を掛けると、テピテピと照れたようにもじもじしていた。昨日よりも役立てたのが嬉しかったようだ。

「私はごはん食べるけど、白……テピちゃん？　たちはどうする？」

テピテピと動く白いもの集団、ごはんは何を食べるのだろうか。というか、ごはん食べるのだろうか。

一応昼休憩として声を掛けてみたけれど、テピ？　と顔を見合わせている集団の言いたいことはよくわからなかった。カウンターから降りたそうな気配もないので、お昼休憩だからといってお店の外に戻るつもりはないらしい。

私はとりあえず自分のお昼だけ用意することにした。冷凍ごはんと、タッパーに詰めたおかず。卵焼きやら冷凍食品のブロッコリーやらミートボールやらが入った割と手抜きなラインナップである。

キッチンに椅子がないので、レンジで温めたものをカウンターに持っていく。白いものたちはホカホカのごはんやタッパーを取り囲んで不思議そうに眺めていた。湯気が出る様子や、ツヤツヤ光るごはんやおかずをじーっと見ている。

食べにくい。

「……ごはん粒、食べる？」

ミートボールやブロッコリーは白いものたちの体と同じくらいの大きさがあるので、一番サイズが小さいごはん粒を食べるか提案してみた。持ってきたお箸で小さい塊を取って差し出してみると、集団の中の一匹がそろそろと短い手を伸ばしてそのうちの一粒を取った。両手で持っていると、一粒がちょうどおにぎりサイズのように見える。

白いものはつぶらな目でじっとごはん粒を見て、それから私を見上げて、それからまたごはん粒を見て、私をキラキラした目で見上げた。

他の白いものたちも手を伸ばしてごはん粒をそれぞれ手に取る。お箸に挟んでいたものが全てなくなったので、もう少し多めに取ってタッパーの蓋の上に載せた。

「みんなでどうぞ」

「……テピー‼」

ごはん粒をゲットした白いものが、キラキラした目でテピテピと鳴いている。両手で掲げるように持ち上げていたり、くるくると回してみたりと実に楽しそうだった。

ごはん粒なら、一〇〇粒ほど持っていかれても大した量じゃない。白いもの集団はざっと見ただけでも五〇匹以下くらいっぽいので、それくらいのおすそわけで喜んでもらえるなら安いものだ。

「いただきます」

「テピー！」

手を合わせてから食べ始めると、またじーっと見られた。しばらく視線に耐えていると、やがて白いものたちのつぶらな目が私から外れる。

「テピ！」

半分サイズになったごはん粒を持った白いものが、嬉しそうにくるくる回っていた。他の白いものたちは両手でごはん粒を持ったままじっとしている。

見ているだけではよくわからないけれど、食べてはいるらしい。つぶらな目の少し下あたりにくっついたごはん粒が少しずつ減っているので、そのあたりに口があるらしかった。

白いものたちはごはん粒を気に入ったようで、食べ終わった白いものたちが私のことをキラキラした目で見つめている。美味《おい》しいものを分けてくれた人という位置付けになったらしい。ちなみにおかわりをすることはなかった。サイズが小さいだけにごはん粒でお腹《なか》いっぱいらしい。普段何食べてるんだろう。

私も食べ終わり、ごちそうさまと手を合わせる。白いもの集団たちも真似《まね》して手を合わせているのがかわいかった。

「よし、まだ汚いとこあるけど、とりあえずマニュアルを読んでおくか……」

ホコリの残っているカウンターの下の棚は、古めかしい小さな引き出しや本のようなものが並んでいる。売るためのものではなさそうなので、まずはお客が来たときのためにマニュアルを優先させることにした。

「よいしょ。危ないから気を付けてね」

「テピ」

洗い物をして拭いたカウンターの上へ、白いものを潰さないように気を付けながらマニュアルを載せる。大きくて分厚いけれど、このマニュアル全てを覚えないといけないのだろうか。お客様窓口のコールセンターならまだしも、ホコリをかぶった雑貨屋でそんなに仕事があるとは思えないけれど。

ハードカバーの表紙を開いて、周囲に集まった白いものたちと一緒に中を見る。昨日開いた目次からもう一度丁寧に読み直していると、ごつん、ごつん、と音が聞こえた。

顔を上げ、それから白いものたちと顔を見合わせる。

ごつん、ごつん。

それは紛《まぎ》れもなく、外から扉をノックしている音だった。

二　魔王の求めるもの

「やばい、お客さん来た」

慌ててまくっていた袖を戻し、マニュアルを端に寄せ、お盆をカウンターの手前側へと寄せる。

はーいと返事をしながらカウンターの向こうへ出ようとして、はたと気が付いた。

もしかして、昨日閉店直後に見た死神っぽい存在がやってきたのでは。

「……ねえテピちゃんたち、ここ、死神っている？」

振り返って私がそう訊《き》くと、白いもの集団は固まってプルプルし始めた。

言葉がわからなくてもその答えはわかってしまった。

どうしよう。無視するべきか。でも返事してしまったしな。

私が悩んでいる間にも、ごつんごつんと重たそうなノックの音が響いている。まるで私が中にいるのを知っているかのような確信めいたノック、のような気がしてきた。

命刈られたらどうしよう。

でも客だし。

左の手首におさまったブレスレットを見る。まじょばちゃんは、これを着けていると怪我《けが》をしないとか攻撃されないとかそういう効果があると言っていた。

まじょばちゃん、このブレスレット本当に効果あるよね。頼むからね。

強く念じながら、ドアに付いているレバーを握る。

覚悟を決めて開くと、ギイと軋《きし》みながら扉が開いた。そのドアに縋《すが》りながら外の様子を窺《うかが》う。

そこにいたのは死神ではなく、魔王だった。

「あっ、いらっしゃいませー」

ほっとして頭を下げてから、私は内心ツッコんだ。

いや、死神も魔王も同じくらい不安要素あるし。

開けたドアから音もなく入ってきた、漆黒のモヤを身に纏《まと》ったモノを見ながらしみじみ思う。うん、充分にヤバそうな雰囲気を感じる。

ヤギの頭蓋骨のような頭の側面から伸びる巨大で捻《ね》じ曲《ま》がった双角に、灯火《ともしび》のように揺らめき光る紫色の目。よく見ると口には鋭い牙があって、マントを羽織っている背中には巨大なコウモリの羽のようなものがたたまれている。

やっぱりどう見ても人間じゃない。四月になればようやく大学二年目という若輩者とはいえ、私が知る限り、頭に角を生やした人間は存在しない。骨っぽいのが露出してるのがデフォみたいな人もいない。あと全体的に黒いモヤが体に纏わりついているみたいな人も聞いたことない。

「……」

頭があって、肩があって、二足歩行っぽい立ち方は人間……に近くないな、どう見ても。背中になんか黒い翼生えてるし。コウモリの親戚の方かな。

昨日の今日で慣れたのか、それとも恐怖が閾値《いきち》を超えてしまったのか、私は目の前に君臨する魔王を無遠慮に二分ぐらいジロジロ眺めてしまった。

「……いらっしゃいませー」

ドアを開けながら、一緒に脇に下がってみる。

すると魔王っぽいナニカなヒトが、そのますーっと店の中に入ってきた。黒いモヤの下のほうがどうなっているのか気になりつつドアを閉める。魔王がカウンターのほうへと近付いていったので、私は慌ててカウンターの向こうへと戻った。

「ねえちょっと手伝っ……あれ!?」

白いもの集団がいない。さっきまでカウンターの上でわらわらしていたはずなのに、いつのまにか一匹もいなくなっている。

もしかして消えた？　と思ったけれど、ふと棚を見ると品物の間に白い物体がちらっと見えていた。プルプル震えている。床に置いたバケツの中にも、集団で入って顔を隠すように固まっている餅の山みたいなものが見えた。

「……」

こいつら完全にビビってるんですけど。

勇気を出して接客を手伝ってくれる気は全くないようだ。私のバイトの様子を応援に来てくれたひとたちだった気がするけれど、全然見てない。物理的にも見ようとしていない。

薄々わかっていたけど、頼れるのは己のみのようだ。私は覚悟を決めて、カウンター越しに恐ろしげな存在を見上げた。

「すみません、あの、まだマニュアルもあまり読んでいない状態でして……」

『……新たなる訪問者よ、我が求めに従いその力を示すがいい』

「はい？」

魔王は、また雷鳴みたいなゴロゴロとした低い声で喋《しゃべ》った。

新たなる訪問者って、私だろうか。訪問したつもりはないけど、まあこの迷宮に来たという意味では訪問かな。

我が求めに従い……？

力を示すってなんだろう。魔力とかそういうのはないので勘弁してほしい。言葉がややこしいというか若干中二病っぽいのはやはり魔王だからなのだろうか。

しばらく考えたあと、私はマニュアルを見た。

パラパラとめくって『売るもの』の項目を開く。目次の近くでは簡単に書かれていたけれど、別のページに品名が全て載ったリストがあった。

私はマニュアルを反対向きに回し、魔王に見せる。

「あの、本日は何をお求めでしょうか……？」

数秒の沈黙のうち、魔王がすっ……と片手を出した。

魔王の手は、間近で見ても黒く、骨ばっていてどちらかというと炭みたいな感じがした。真っ黒な爪がえらく長くて鋭い。

どれを指すのか眺めていると、す、とページをなぞったその指というか爪というかの先は、文字の上で止まらずにそのままページの角へと進む。そこに爪を掛け……ようとして滑り、なんかカリカリと音を立てた。

ページは全然めくれていない。長い爪はページをめくるのに向いていないようだ。

「あ、すいません。こっち側ですか？」

私がめくってみせると、動物の頭蓋骨っぽいのがちょっとだけコクッて頷《うなず》いていた。合っていたようでよかった。

次のページにも品名が並んでいて、今度はその真ん中あたりで黒い爪が止まる。その先が指しているのは『上級南国果実B』という文字だ。

Bって何。

「この、上級南国果実Bをお求めでよろしいですか」

『是《ぜ》』

「……えっと、いくつお求めですか？」

『汝《なんじ》の持ちうる限りを示すがいい』

どれだけあるか訊いてるってことでいいのかなこれは。

若干会話の理解に苦労しながらも、私は品名の横に書いてあったページをめくる。上級南国果実Bについて説明してあるページもあるようだ。

名前を聞いただけではよくわからないけれど、説明も一緒に付いているのならば安心だ。

上級南国果実Ｂ：
かなりおいしい果実。オレンジと黄色のグラデーションで、ツヤがあるほど甘い。要冷蔵。夏場は冷凍したのちに半解凍状態で食べても美味。
冷蔵庫の中段引き出しの右奥に置いてある。

説明が適当すぎやしないだろうか。味についてとかどうでもいいんだけど。

マニュアルへの不信感を抱きつつ、私は「少々お待ちください」と言い置いてキッチンへと向かった。

冷蔵庫中段の大きい引き出しを開けて中を見る。書いてあった通り、右奥にはオレンジ色と黄色のグラデーションカラーの果実が四つ置かれていた。柔らかい網みたいなもので下半分を覆っているあたり、箱入りの桃やマンゴーを彷彿《ほうふつ》とさせる。

網と果実の間に『上南Ｂ』と書かれた紙の札が挟まっていたので、確かに上級南国果実Ｂで間違いないようだ。

とりあえず一個だけを取り出して魔王のところに戻る。

「あの、これでいいですか？　あと三個ありますけど」

『全てを我が手中に』

「全部お買い上げですね、ありがとうございます」

カウンターに四つ並べ、それから考える。

これ値段はいくらなんだろう。というかお金の単位って何だろう。

魔王が何やらゴソゴソしている間に、私は慌ててマニュアルをめくった。値段は書いていなかったけれど、お金はカウンターの下にある右側の引き出しの一番上らしい。見てみると、引き出しと仕切り板の間に価格表が書いてある板が置いてあった。

「えーっと、上級南国果実……Dもあるんだ……Bは、あ、四つセットで金貨二〇枚、です」

上級南国果実、高すぎやしないだろうか。上級だからなのか、それともここでは果物がものすごく貴重なものなのか。

私が内心動揺しつつも価格表を見せて説明すると、魔王は黒いモヤの中からもう一度手を出した。黒い手は昨日と同じように、カウンターの上に金貨の山をじゃらじゃら積み上げた。目に眩しいそれを一枚ずつ数えると、山の半分くらいで二〇枚になった。

果物の値段が金貨二〇枚なのもすごいけど、それを惜しみなく出せるなんて、魔王、めちゃくちゃお金持ちなのでは。

「二〇枚いただきましたので、こちらおつりです」

魔王はなぜか私をじっと見つめたあと、おつりを消した。

「えっと、袋はお持ちですか？」

『新たなる訪問者よ、汝が捧《ささ》げ物を我が手に差し出すがいい……』

「そのままお持ち帰りですか？　四つありますけど」

伸ばされた手に果実Bまずひとつ載せる。片手に二個ずつで持って帰れるかな、と思っていると、果実を持った手が少しカウンターから離れてもう片方の空いた手を差し伸べられた。もうひとつ果実を載せる。するとまた空いた手が出てきた。

今果実を載せた二本の手は、モヤから伸びているままである。

「…………」

結局、手が合計四本出た。

なるほど、それぞれひとつずつ持って帰るなら、落とす心配がなくていいよね。

『新たなる訪問者よ。汝、我が求めに応えし者と認めよう』

「お、お買い上げありがとうございます」

頭を下げると、魔王がすっと向きを変え、そして四本の手で果実を持ったまま出口へと近付く。ドアを開けてあげるべきかな、と向こう側に行こうとした瞬間、魔王は新たな手を伸ばしてドアノブを握り、開けて普通に帰っていった。

「……ありがとうございましたー」

そんなわけで私の新しいバイト初のお客様は手が少なくとも五本あるタイプの魔王で、色々あったものの私はなんとか接客できたのだった。

四章　はじめての困難

一　ポヌポヌ

白いもの集団は、極度の怖がりらしい。

テピテピと楽しそうにごはん粒を食べている最中でも、お客様が来ると即座に隙間などに隠れてプルプルしている。いつもはてぴてぴとゆっくり歩いているのに、そういうときだけは機敏だ。

なので、バイトを始めて五日目の今日も、接客業務は完全に私ひとりでやっている。他のことも大体ひとりでやってるけど。白いものたちは完全に癒《い》やし担当として私の中では戦力外認識されていた。いてくれるだけ心強い。

今日も私は開店早々に高級フルーツを買いに来た魔王さんの接客をひとりでこなし、棚に並んだ商品を磨き直していると、外に繋《つな》がるドアの向こうから音が聞こえてきた。カリカリ、と引《ひ》っ掻《か》くようなその音に、私は椅子から立ち上がる。まくった袖を戻しながら返事をしてドアを開けると、そこには犬がいた。

「いらっしゃいませー」

魔王が買い物に来るのだから、犬がお客様だとしてももちろん驚かない。私は体を引いてお客様を店内へとご案内した。

そのお客様は、小型犬か中型犬か判断に迷うサイズ。白っぽい灰色をしたヒツジのような巻毛はちょっと長めで、目が隠れている。耳は垂れていて、脚は細めだけど地面と接する肉球部分がちょっと大きい。鼻は黒だった。

このお客さんが来るのは、今日で三日目である。

「ごゆっくりどうぞ」

犬のお客様はしょぼしょぼと見えていない目で私を見上げてから、フンフンと鼻を鳴らして中へと入ってきた。

ポヌポヌポヌポヌ、ポヌポヌ。

このお客様、見た目は普通の犬だけれど、なぜか歩くのに合わせて謎の音がする。

黒い鼻をフンフンと鳴らし、床を嗅ぎながら歩く犬。その一歩一歩が、ポヌ、ポヌ、とどこか気の抜ける音を発している。泡が弾ける音をもっと重厚にしたような、それでいてふんわり抜けるような、なんとも不思議な音だった。少なくとも地球上の犬の足音としては一度も聞いたことがないような音である。

肉球部分に特殊なサポーターでも付けてるのだろうか。

聞き慣れない音を発している犬は、この場所が安全かどうかを確かめるようにフンフンとあちこちを嗅ぎながら歩き回っている。のんびりしてそうな見た目だけれど、警戒心の強い犬らしい。今日も一通り嗅ぎ回るつもりのようだ。

フンフンポヌポヌ。フンポヌポヌ。フンフンフンフンポヌ。ポヌポヌポヌ。

ポヌポヌ音も三日連続で聞いていると、なんか結構いい音な気がしてきた。

フンフン嗅ぎ回る犬の邪魔になるといけないので、私はカウンターの中に戻る。価格表を用意しつつ、嗅ぎ終わるのを待つことにした。

カウンターから見ると左の壁にあるお店の入り口のドア近くから始まり、左右にウロウロしつつ犬はポヌポヌと歩く。向かいの壁まで到着すると、今度は壁をフンフンと嗅いでいた。それからおもむろに一歩を踏み出して進む。

垂直に。

「おぉ……」

今日で三回目だけど、本当に目を疑う。

見ていてつい声を上げると、犬がフンフンするのをやめてちょっとこっちを見た。モジャ毛のせいで目が合ったかはわからないけれど、しばらくすると犬はまたフンフンと嗅ぎ回り始める。ポヌポヌと壁を歩きながら。

いや、何事もなかったかのように歩き回ってるけど、壁歩くってすごいよね。

一風変わった足音よりもびっくりだわ。

やはり迷宮《ダンジョン》の犬、見た目は似ていても地球のそれとは全く違うようだ。犬はそのままフンフンと壁を歩きながら嗅ぎ回り、ついでに天井もポヌポヌ歩いて匂いを確かめている。逆さまになっている犬だけれど、垂れ耳まで重力に逆らっているのはどういう仕組みなのだろうか。ポヌポヌ音と関係があるのだろうか。謎である。

初日はガン見してしまったけれど、今では感心しながら眺めるくらいの余裕が出てきた。

カウンターのイスに座りながらポヌポヌ歩くのを見ていると、ようやく確認が終わったらしい犬が戻ってきたのはそれから一〇分後くらいだった。

歩き回った犬が床に戻ってきて正しい方向でポヌポヌと歩き始め、数歩で止まって後ろを振り向く。雑巾がけした床に、灰色の足跡がポヌポヌ音の分スタンプされていた。じっとそれを眺めた犬が、私のほうを見上げてくーんと鳴く。鳴き声は普通だ。

「あ、すいません、軽く掃除したんですけどまだホコリっぽかったですか。今度天井と壁も拭き掃除しておきます」

新しい雑巾を濡《ぬ》らして絞り、そっと犬の脚を拭く。犬は大人しくされるがままになっていた。拭き終わった足裏を地面に下ろすと小さくポヌと音がするのが地味に楽しい。

足跡も拭くと、犬の尻尾がちょっと左右に揺れた。

「お買い物していきますか？」

聞いてみるとまた尻尾が左右に揺れる。犬はポヌポヌと歩き出し、カウンターの壁もポヌポヌ歩いて天板へと登る。

壁、歩けると便利だな。

「こちらが価格表です」

文字が彫って記されている板をカウンターに載せると、犬がそれをフンフンと嗅ぎながら眺める。私は少し期待しながら待っていたけれど、しばらくすると犬は私のほうを向いてくーん、と一声鳴いた。

この姿を見るのも三回目だった。

「あの、欲しいものがあれば手か鼻で指してもらえると……ないですか？」

再び鳴かれたので、私はマニュアルを広げる。

「えっと、価格表に載ってないものもこの辺にあるんですけど……あと、お手伝いとか請け負いたい場合は、こっちで」

ページをめくりながら見せてみるけれど、犬は少しフンフンしただけであとはくーんと鳴くだけだった。

白いものと同じで、残念ながら私は犬の言いたいことがわからないのだ。まじょばちゃんからもらったブレスレットの翻訳機能は、言語を使う相手限定のものらしい。理解しにくい声と言葉とはいえ言語を操る魔王はかなりコミュニケーションの取りやすい相手だと今更気付いた。

くーん、しかわからないけれど、犬はどの品物も指すことはなく、サービス一覧のページを見せても悲しそうに鼻を鳴らすだけだ。それでも三日連続で来ているのだから、何か欲しいものがあるけれど見つからないのか、もしくは私が理解できていないかのどちらかなのは確実である。

「あの、欲しいもの、ないですか？　商品名がわかれば、問い合わせもできますけど……」

まじょばちゃんからは何かあったら気軽に連絡してと言われているので、欲しい商品がわかればお取り寄せできるか訊《き》くこともできる。犬語で品名を言われても難しいけれど。

犬は価格表をもう一度フンフンしたあと、私を見てくーんと鳴き、それからポヌポヌとカウンターを歩いて床に降り、そのまま店を出ていってしまった。後ろ姿がこころなしかしょんぼりして見える。

「ありがとうございましたー……」

今日もダメだった。悪いことしたなあ。

ダメな理由もわからないので、とりあえず今日やったことと反応をノートにメモしておいた。明日はちゃんと買ってもらえるようにと願いつつ、ノートと価格表を棚の横にしまうと、隠れていた白いもの集団がソロソロと戻ってきた。

二　キラキラ

「ありがとうございましたー」

バイト六日目も、当然のように魔王が買い物に来て、それからポヌポヌ音の犬もやってきた。

冷蔵庫に保管されている商品は、夜バイトを終えて私が帰ったあと、朝バイトに来る前までに補充されている。なので魔王は毎日「上級南国果実B」を買っていくのだ。ちなみにポヌポヌ犬は何も買わないし他に客は来ていないので、減って補充されているのは果実Bだけである。

上級南国果実B、美味《おい》しいのかな。

こうも毎日魔王が買っていく姿を見ていると、それほどまでに美味しいのかと気になってきた。あと毎日くだものを買って帰る姿に段々魔王が怖くなくなってきた。

お得意さんなのでビニール袋でもサービスすべきかと思っていると、コンコン、とノックする音が聞こえた。てぴてぴと隙間から出てこようとしていた白いもの集団が、またワッと散っていく。

「はーい」

返事をして、ドアを開けるために立ち上がる前に、先にドアが開いた。そこからひょいと誰かがこちらを覗《のぞ》き込《こ》む。

その瞬間、キラキラと効果音が鳴り、周囲がスローモーションになったような錯覚に陥る。

「こんにちはー」

紺色のローブに、襟足にかかる金髪。鮮やかに青く澄んだ目は訝《いぶか》しげに店内を見回しているけれど、キラキラ音が鳴っている幻聴が聞こえるほどに美しい顔をしている。

男性だった。当然手は二本しかない。その片方には長い杖《つえ》が握られていた。服を着ているし、白いローブを身に纏《まと》っている。

その姿を見て、私は思わず叫んだ。

「人間がいる!!」

笑顔で入ってきたその男性は、ドアノブを握り、ちゃんとドアを自分で閉めた。こちらに向かってくるために動いている足も二本で、ちゃんと足音がして、しかも普通に床を歩く音だ。近付いてみると背が高い。西洋系の顔立ちで、映画に出ていてもおかしくないほど整っている。

なんだろう。今まで生きてきた中で最も見慣れた生物であるというのに、迷宮《ここ》で見ると異様な存在に思えてしまった。

「人間がいるって……そりゃいるでしょ」

「あ、そうですよね、すみません」

「まあ俺は人間じゃないけどね」

「え⁉」

ここにもちゃんと普通の人がいるんだ、と思った瞬間に否定された。

驚愕《きょうがく》のあまり固まってると、男性はアハハと笑う。

「まあ人間っぽい格好してるしねー」

「……人間じゃないなら、何なんですか？」

「ヴァンパイアだよ」

「えっ⁉」

サラッと架空のはずの種族を名乗った男性は、ほらほらと口を開いてみせる。薄い唇の間から覗く並びのいい歯に、鋭く尖《とが》った犬歯があった。

「うわ、ほんとだ。え、これ牙なんですか？　本物？」

「本物《ほんもの》……ちょ、近いから」

「あ、すみません」

あまりにも衝撃的すぎて、カウンター越しに身を乗り出してしげしげと口の中を覗き込んでしまった。他の歯も歯茎も舌も普通の人間と全く変わらないのに、その牙だけはオオカミから取ってきたように長い。

ヴァンパイアの男性が一歩引いてしまったので、私も謝って姿勢を戻した。

「失礼しました。いらっしゃいませ」

「はいこんにちは」

「本日は何をお買い求めですか？」

メモを栞《しおり》代わりに挟んだマニュアルを開いて見せると、ヴァンパイアの男性がうんうんと頷《うなず》く。

「何も説明できてなかったけど、結構ちゃんとやれてるみたいだねー。ついうっかり挨拶に来るの忘れてたんだけど、しっかりした子が入ってきてくれてよかったよー」

やー遅くなってごめんごめん、と美形が笑う。

挨拶？

キラキラ音がしそうなその笑顔を眺めながら考えて、私はハッと気が付いた。

「え、もしかして、まじょばちゃんが言ってたヘルプの人ってあなたなんですか⁉」

「そうそう。やーつい奥のほうで手間取っちゃってね～。もう行かなくてもいいかなと思ったんだけど、買い物ついでに寄ってみた」

私はばっと振り返る。

「あの……あの白いものたちがそうなのかと思ってました」

「白いもの？」

あの辺の、と指差すと、ヴァンパイアの男性がすっとカウンターに手をついて中を覗き込んでくる。

「バケツに入ってるやつ？　あれ何？」

「いや、私が知りたいんですけど」

「えー、何だろうなあ、無害そうだけど。迷宮の隅のほうでコソコソ暮らしている弱いやつかな」

美形が首を傾《かし》げながらそう言った。

白いものたちの名前、知らないらしい。

私はよくわからない生き物を「仕事の様子を見にきてくれたひと」だと思い込んでいた事実に改めてショックを受けた。

「だって、そうなんですかって訊いたら元気よく返事したから……」

「え⁉　アレが仕事教えてくれると思ってたの⁉　君面白いねー‼」

明るい笑い声が部屋の中に響き渡る。ヴァンパイアを爆笑させてしまった。

迷宮といえど、さすがにバイトの様子見にはちゃんと意思疎通ができる人が用意されていたのだ。というか、そういえば白いもの集団は何も手助けしてくれ……ようとはしていたけどできていなかったし、客が来たときは今と同じように逃げてプルプルしていた。

自分の勘違いが恥ずかしいやら困惑するやらで落ち込んでいると、ヒーヒー笑っていた男性が涙を拭いながら慰めてきた。

「まあ、人間ばっかりのとこで暮らしてたんでしょ？　しょうがないしょうがない」

ドンマイと言わんばかりの軽い対応に、元はと言えばあなたが来なかったからでは、とちょっと恨めしく思ってしまった。じっと見ているとそれが伝わったらしく、これまた軽く謝られる。

「ごめんって。その代わりお肉あげるから許して」

ヴァンパイアさんは手をマントの中に入れて、そこから取り出したにしては明らかに大きすぎる何かをカウンターに置いた。枕くらいのサイズのそれは大きな葉っぱで包《くる》まれていて、ヴァンパイアさんが細い茎の結び目を解いて開けるとほどよくサシの入った塊肉が出てくる。

「え……肉……？」

「牛だよ。人間もよく食べてるでしょ」

「牛……？」

「足りない？　他の部位も欲しいならいくらかあるよ」

顔を出すのが遅れた理由のひとつに、この塊になる前の牛が群れになって襲ってきたからというのがあるらしい。

迷宮、牛うろついてるのか。

扉から見えた光景を思い出してみる。狭い通路にヌッと出てくるジャージー牛。逃げようと振り返ったところで死神。どっちも怖い。

「ちゃんと刃物も消毒して捌《さば》いてるから、お腹《なか》壊したりはしないよ。切り分けたの今朝だし」

じっと肉塊を見ているとと補足された。ヴァンパイアさん、綺麗《きれい》な顔して牛捌いてきたらしい。

やっぱり迷宮は得体が知れないところのようだ。

三　ほかほか

「あれ、もしかして肉嫌い？　これから食事どきだし、ちょうどいいかなと思ってお近付きの印に持ってきたんだけど」

「好きですけど……」

「人間が食べても大丈夫な牛だから安心して。俺も食べたことあるし」

食べても大丈夫じゃない牛もいるんだろうか。迷宮怖い。

毒々しい色の毛皮を持つ牛を想像しながらも、私はお礼を言って肉塊を受け取った。厚意で持ってこられたのだったら断りづらいし、やっぱりお肉には興味があったからだ。

一人暮らしを始めて食料品の相場を把握してからというもの、うちのメインのお肉はささみになった。こんなに巨大な牛肉、お肉屋さんで買ったら万札が群れで羽ばたいていく。もし食べられるのならありがたすぎるプレゼントだ。

「あの、ありがとうございます。私何も持ってないんですけど、すみません」

「いいよいいよ。って言いたいけど、お腹空《す》いてるからちょっと頼んでもいい？」

「血液はあげられません!!!」

「食い気味で断ってきたなー。いやそうじゃなくて、そのお肉ちょっと使って何か作ってくれない？」

サシの入った肉塊を指してヴァンパイアさんは言った。

何でもいいから美味しいもの。

「何でも……美味しい……」

「そう。ここ、食べ物も売るでしょ？　その練習だと思って」

この数日、ポヌポヌ犬と魔王以外には特に来客がなかったため、私はマニュアルを読み進めていた。その過程で、冷蔵品を加熱したり、商品の食材を組み合わせて作ったスープなども売り物のひとつとされていることは知っていた。

でも、具体的なメニューやら作り方についてはまだ読んでいない。まずはポヌポヌ犬が何を欲しているのか解明すべく売っているものを全て把握することを優先していたからだ。

「あの、まだそのあたりは準備が」

「そんな構えなくて平気平気。迷宮《ここ》の料理じゃなくてもいいから」

「じゃあ、作ってみます。向こう……私の住んでるとこで買った調味料を混ぜて味付けするものなんですけど、それでもいいですか？」

「いいよー。楽しみにしてる」

今日の買い出しで、私はタイミング良く焼肉のタレを買ってきていた。

お昼ごはんは朝簡単に作って持ってきているけれど、夕食は出来立てが食べたいのでここにあるキッチンを借りて料理をするようにしている。全然お客様が来ないとはいえ、あまり時間を掛けて勤務時間を圧迫しても良くないので、手軽に作れるものがいいなと思って買ったものだ。本当は半額になっていた豚バラと野菜を炒《いた》めてタレで和《あ》えようとしていたのだけれど、それが牛肉になったところで問題はないだろう。むしろタレと合うはずだ。想像するだけでもお腹が減ってくる。

「じゃあちょっと作ってきますね」

「よろしくー」

キラキラした笑顔に会釈して、私はキッチンへと急いだ。

ヴァンパイアさん、どれくらい食べるんだろうか。成人男性並みに食べるなら私よりも多いだろうし、三人分くらいを目安に作っておこう。余ったら明日食べればいいし。

私はちょっと考えてから肉塊を薄く切り、残ったものは丁寧に包み直して冷蔵庫に入れた。ピーマンと玉ねぎとキャベツも切っていると、てぴ……てぴ……と小さなざわめきが近付いてくる。

足元を見ると、いつのまにか白いもの集団が近くまでやってきていた。固まってプルプルしながら私を見上げている。

「仕事を見てくれる人じゃなかったんだね」

「テピ……」

反省しているのか怯《おび》えているのか、白いものたちは身を寄せ合って私を見上げていた。

そうならそうと早めに言ってくれたらよかったのにと思ったけれど、そもそもテピテピ言ってるだけだし短い手はピコピコしているだけなので意思疎通が難しいんだった。

「怒ってないよ」

しゃがんで私がそう言うと、つぶらな目が不安そうに見つめてくる。

本当に怒っていない。ヴァンパイアさんが初日から来てくれていればすぐ解けた誤解だし、誤解してたところで特に支障もなかったし。正体は謎だけれど手伝ってくれる意思はあったみたいだし、いてくれるだけでもちょっと心強かった。客が来ると隠れてたけど。

「これからも手伝ってくれる？」

訊《たず》ねてみると、白いものたちの目がキラキラと輝き始めた。

ビビビッと体を震わせてから、テピー!!　と大きな返事を貰《もら》う。全員賛成のようで何より。

「よろしくね」

「テピー！」

「はい、テピー！」

「テピーッ!!」

小さな体が私の足を囲んで、きゅむきゅむと抱きついてきた。たぶん抱きついてきてる。軽すぎて靴下越しの足にあんまり感覚が伝わってないけど。

丸い頭を撫《な》でながらコールアンドレスポンスをしていると、ドアの向こうから「何か遊んでないー？」とヴァンパイアさんの声が聞こえた。

「そうだ、夕飯作っちゃわないと。踏みそうで危ないから、離れた場所にいてね」

「テピ！」

一メートルほど距離を空けて私をじっと見上げる白いもの集団に囲まれつつ、私は炒め物を急いで作ることにした。

「……できた」

ホカホカと湯気を上げる、出来立てほやほやの炒め物。焼肉と野菜にタレが絡んでいい感じに輝いている。ごはんは冷凍だけど、食費支給に甘えてブランド米を買った上に、ネットで見た炊き上がってすぐに冷凍するという技を使っているので解凍でも美味しいはずだ。

普段だとこれで完成にするけれど、今日はお客さんがいる。チューブに入った調味料と卵とわかめで作った簡易中華かきたまスープもつけた。

「よし、運ぼうか」

「テピ！」

周囲でそわそわならぬてぴてぴしていただけの白いものたちに声を掛けてから、カウンターのほうへ運ぼうと……した瞬間にあることに気付き、私は冷蔵庫に戻した焼肉のタレの裏面を見た。

「ヴァンパイアさん!!」

「わっ」

勢い良くドアを開けると、暇そうにカウンターに頬杖《ほおづえ》をついていたヴァンパイアさんがズルッとバランスを崩した。

「いきなりどうしたの？」

「あの、タレの成分にニンニク入ってるんですけど、大丈夫ですか⁉」

ヴァンパイア退治には銀の十字架とニンニクと相場が決まっている。

市販の焼肉のタレに入っているニンニクがどれくらいの量なのかはわからないけれど、ちょっとお高めなタレということもあってか、原材料のところにしっかり「にんにく」と書かれている。全体からするとひとかけ以下の量であっても、ヴァンパイア退治に使われるくらいだから有害かもしれない。

違うものに作り替えたほうがいいだろうかと説明すると、ヴァンパイアさんは首を傾げた。

「ニンニク？　別に大丈夫だけど？」

「あの、ヴァンパイアはニンニクがダメなんじゃ……」

「何それ聞いたことない。俺、ニンニク好きだし知り合いの同族にもニンニクダメって奴《やつ》いないけど」

丸ごと揚げたやつとか好き。

そんなニンニク好きでも上級者な発言をしたヴァンパイアさんは「いい匂いしてるね～」と言いながらグルグル鳴っているお腹をさすった。

「……ニンニク、食べても平気なんですか？」

「うん。ニンニクで味付けした肉とか余計楽しみ。早く早く」

「あ、はい」

揚げニンニクを嬉《うれ》しげに頬張って聖職者をおののかせるヴァンパイアさんが脳内に浮かんできたけれど、とりあえず焼肉のタレは大丈夫なようだ。私は安心して作ったものをカウンターに並べた。

「おおー！　肉炒め！」

「簡単なものですみませんけど」

「いやいや、迷宮内だと基本塩かけて焼くだけだからありがたいよー」

カウンターの真ん中に置いたのは多めにお皿に盛った炒め物。そして解凍したご飯とスープがふたつずつ。

いつも白いものたちと一緒にごはんは食べていたけれど、それ以外にここで誰かとこうして向き合ってごはんを食べるなんて予想してなかったのでなんだか嬉しい。ちなみに白いもの集団は羨ましそうにプルプルしていたので台所でごはん粒をお裾分けしておいた。

私はお箸を持ち、ヴァンパイアさんは持参のカトラリーを持っていただきますと声を合わせる。

「炒め物は食べたいだけ取ってください。取り箸使えますか？」

「使えるよー」

「そのイス、どこにあったんですか？」

「出したんだよー。見ての通り俺、魔道士だから」

ヴァンパイアさんは、いつのまにかカウンターの向こう側でスツールっぽいものに座っていた。

彼がホイと隣を指差すと、同じ椅子がパッと現れる。

すごい。

思わず拍手すると、ヴァンパイアさんが使っていいよとひとつくれた。私が座るためのイスは既にひとつあったけれど、掃除のときに何かと重宝しそうなのでありがたく貰っておいた。

魔道士というのはヴァンパイアさん曰《いわ》く「魔術でなんやかんやして稼ぐ仕事」らしい。

見ての通りと言われて納得するほど魔道士に馴染《なじ》みはないけれど、白いローブに杖という魔法使いっぽい格好は職業に沿ったものだったようだ。

「ヴァンパイアの人も仕事するんですね」

「そりゃするでしょ。ヴァンパイアは種族ってだけだし、種族と職業は違うし」

まともなことを言われた。確かに私も、人間なのに仕事するんですかとか訊かれたら何言ってんだってなると思う。でもなんかこう、ヴァンパイアってあんまり仕事に従事しているイメージがないというか、昼は棺《ひつぎ》に入ってお城の地下で眠り、夜に獲物を探すみたいなステレオタイプのイメージがあるというか。

「いや、仕事しないと生きていけないでしょ。てかそういう暮らしって、領主だとしてもそのうち反乱起こされるんじゃない？」

「確かに……」

「まあかなり昔は人間魅了して尽くさせてたりしたらしいけど、今どきそんなのナイナイ」

私の話を聞いたヴァンパイアさんがハハッと笑う。

まるでフジヤーマゲイーシャサムラーイと言いながら来た外国人に対する日本人のようなリアクションだ。私のヴァンパイア像、実際とかけ離れているらしい。

今まで抱いていたヴァンパイアに対する印象が崩れていくのが残念なような、実態を知れて嬉しいような。複雑な気持ちになった。

四　ヒヤヒヤ

「うわ、美味《うま》い!!」

ニンニク平気と言われていたものの、本当に大丈夫かドキドキしながらヴァンパイアさんが食べるのを見ていると、フォークで器用に炒め物を取ったヴァンパイアさんがパッと笑顔になった。

「この味付けいい！　玉ねぎも甘くて美味いなー。この野菜も苦味がいい。これ何？」

「ピーマンです」

「へー、この辺で見ない食べ物だなー。美味い」

キラキラした美貌で嬉しそうに炒め物を食べるヴァンパイアさんは、私が適当に作った炒め物をオーバーリアクションで褒めてくれた。気に入ってもらえたようだ。焼肉のタレ様々である。

「この米、白くて珍しいけど、甘みが強くて味濃い炒め物と合うね！」

「何色の米がポピュラーなんですか？」

「オレンジかな」

オレンジ色の米。あんまり想像できない。でも迷宮にも米はあるようだ。周辺に水田があるのだろうか。ヴァンパイアさんや魔王が畦道《あぜみち》を歩く様子を想像してみたけれど、なかなかシュールである。合成写真みたいに見えそう。

炒め物がもりもり減っていくので、私は慌てて自分の分を取り分けた。美味しい。タレ味は大体美味しくしてくれる上に、お肉が牛肉である。十分な量の良質な牛肉はそれだけで美味しい。

白いもの集団は食事を終えたようで、そろそろと、いやてぴてぴと私たちのいる部屋へと戻ってきた。ヴァンパイアさんが怖いのかカウンターに誘っても応じずに私の足元に固まっている。まだごはん粒を持っている数匹が、テピーと小声で喜びながらそれを掲げていた。

「この味付け美味いなー。人間さんの故郷にあるスパイスを調合してるの？」

「いえ、私が作ったんじゃなくて、元々調合してあるやつが売ってるんです。これは焼肉のタレといって、本来はこれにお肉を漬け込んでから焼いたり、網や鉄板で焼いたお肉をこのタレにつけて食べたりします」

「ほー。便利だねー。ちょっと分けてよ。またお肉狩ってくるから」

「そんなに高くないものなので、今度新しいの買ってきますね」

ヴァンパイアさんはこのタレの味をいたく気に入ったようだ。「迷宮で野宿したときにこれ付けて食べたい」と真剣な顔で言っている。あんな立派にサシの入った牛肉なら塩をかけるだけでも美味しいと思うけれど、ずっとそれだと飽きるのだろう。塩だれとかポン酢だれとかを説明すると、全部欲しいと力強く言われた。明日スーパー行こう。

「まさか焼肉のタレがヴァンパイアさんにウケるとは……」

「ねーそろそろヴァンパイアさん呼びはやめない？　人間さん」

さっきも聞き流しつつちょっと思ったけど、人間さんって呼び方違和感がすごい。ヴァンパイアさんはヴァンパイアさんで同じように思っていたらしく、食べる手を止めてまで提案してきた。

「あ、すみません。つい」

「まあわかるけどね。迷宮でもこの辺まで来ると怪しい魔道士に名前教えたら操られるんじゃないかとか色々不安あるだろうしさ」

「いやそんな不安は今まで一度も抱いたことないです」

何。名前を教えるだけで操られたりするの。ネットのハッキングじゃないんだから。

引いていると、ごめんごめんとヴァンパイアさんが笑う。

「普通はそんなことしないから。ほら、もし不安だったら全部は教えなくてもいいし。でも呼び名はあったほうが便利でしょ」

「そうですね」

「俺はそうだなー。サフィって呼んで。本名にサファイアって入ってるから」

キラキラネームだ。物理的な意味で。

「じゃあ……私は由衣美《ユイミ》です」

ヴァンパイアさん、改めサフィさんが最初に名乗ってくれたので、私も言いやすかった。名前の一部だけでいい、というのを自分で示してくれたのはありがたい。

「あ、だからユイミーちゃんか」

「なんでその呼び方。え、まじょばちゃんが言ったの？」

「よろしくね、ユイミーちゃん」

「いや由衣美ですけど」

まじょばちゃんが「ユイミーちゃんをよろしくねー」と言っていたらしい。気軽すぎるし、人を紹介するときにあだ名のみで紹介しないでいただきたい。あとで文句を言わねば。

私の訂正を聞いているのかいないのか、サフィさんは満足げに頷くと食事を再開した。

「あー美味しかった。牛肉ごちそうさまです」

「いやほんと美味しかったねー。干した果物あるけど、口直しに食べる？」

「いいんですか？　じゃあお皿先に洗っちゃいますね」

満足度の高い夕食を終え、洗い物をしようとお皿をまとめていてふと思う。

「サフィさん、このカトラリーって銀製ですか？」

「そだよー」

ヴァンパイアは銀に弱いというのもガセらしい。

私の頭の中に、揚げニンニクを嬉しげに銀のフォークで食べるヴァンパイアさんとむせび泣く聖職者の姿が浮かぶ。

……まあ、いいよね。そんなヴァンパイアがいても。ここ迷宮だし。

「そういえば、サフィさんも買い物をしに来たんですか？」

新たに沸かしたお湯と共に干したアンズっぽいものを食べて一息ついたあと、ふと最初に言っていたことを思い出して私はヴァンパイアさんに尋ねた。

ヴァンパイアさんはキラキラ顔で白湯《さゆ》を飲んでから頷く。ちなみに顔がキラキラしているのは、獲物を捕まえるためらしい。さすがヴァンパイアである。

「この店に来るのも久しぶりだし、色々見てみようかなと。何か売ってもらえる?」

「はい。あ、上級南国果実Bは売り切れてますけど」

「それは特にいらないかなー。甘すぎるよねあれ」

上級南国果実B、かなり甘いらしい。あれを毎日買っていく魔王は甘党なのだろうか。

私が商品の価格表を出すと、ヴァンパイアさんは途端にやっちまった的な表情になった。

「あー……マジか。あのさユイミーちゃん。これね、できたら変えてほしいんだけど」

「え? 何をですか?」

「値段」

知らないようだから言っとくね、とヴァンパイアさんが静かに告げる。

「これね、かなりのぼったくり価格だから」

「……えええええー!!」

叫んだ私の足元で、白いものたちもテピー! と騒いでいる。

「え……ぼったくりって……えー……えええ……?」

バイトに入って早々、自分がぼったくりをしていたという驚愕の事実に戸惑いを隠せない。脱力して俯《うつむ》くと、足元で白いものたちもおろおろ、いやてぴてぴと無秩序に動き回っていた。

キラキラヴァンパイアであるサフィさんに教えられてマニュアルを見ると、最後のほうの参考資料というところに「各種の相場価格」というページがあった。

お金の価値があやふやなのでよくわからないけれど、私が使っていた価格表で表示されていた一番高い品物『レイオールの慈悲』金貨二〇〇〇枚の品物が、その相場では金貨一〇枚になっている。

「二〇〇倍って……暴利ってレベルじゃないですよこれ」

「そうなんだよー。この辺はそこそこ稼げるし、ガメつい奴だって珍しくないから多少は気にしないんだけど、流石《さすが》にこの値段はねぇ」

さーっと血の気が引く感覚がする。

言うなれば百均の品物を二万円で売りつけていたようなものだ。

上級南国果実Bも、相場だと四つで銀貨一枚と書かれているのに、価格表に従って金貨二〇枚も貰ってしまっていた。魔王さんは何も言わなかったけど知っていたのだろうか、と考えて、ふと気付いた。

ポヌポヌ歩く犬が何も買わずに帰ってしまうのはこのぼったくり価格のせいでは。

「あの、本当にすみません。お金入ってる棚の横に置いてあったから、てっきりこれを使うものかと」

「いやこっちこそ、まさかこれ残ってるだなんて思わなかったから。それ、ユイミーちゃんの前の店番が使ってたやつ」

「え？　これ使ってたんですか？　ぼったくり？」

「そうそう」

私の前任だった人は、かなり金にガメついタイプだったとサフィさんが語った。

「この辺って迷宮でもかなり奥のほうだから他に店もなくてね。だから売り買いはここを頼ることになるんだけど、それを利用して粗悪品を高値で売りつけるわ、金貨ものの品を小銭で買い取るわの好き放題。文句を言えば客を出禁にするし、ほんと不満が高まってたんだよ」

「最悪じゃないですか。ていうか、値段吊《つ》り上《あ》げるなんて横領してたんじゃ……」

「いや、こんな奥まった場所で店やってもらってるわけだから、こっちも気持ちよく売ってもらえるならちょっと上乗せするくらいは問題ないんだよ。今までもそうだったし。でもさすがにアイツはやりすぎだったよねー」

この周辺で困る人たちが増え、その人たちが他の場所に行ったりして、迷宮にある他のお店にも色々と影響が出ていたらしい。それでクビになって、代わりに私がやってきたということだった。

「やれやれこれでマシになると思ってたら、ユイミーちゃんがシレッと価格を引き継いでるんだもん。似たタイプが来たのかと思ってちょっとビックリした」

「でしょうねすみません……」

「いや知らなかったんならしょうがないし、そもそも俺も油断してたから」

アイツの私物は全部燃やしたと思ってたんだけどなー、と言いながら、サフィさんが木の板で作られている価格表をバキッと折り、持ったまま炎で燃やしてしまった。

マジックか。いや、魔術《マジック》だ。

「ぼったくり……」

なんという経緯のバイトを紹介してくれたんだまじょばちゃん。大事なことは先に言っといて。

「というわけで、ユイミーちゃんには適正価格で頑張ってほしいんだけどいいかな」

「はい。こっちの価格でお願いします」

「いやこれ相場そのままでしょ。これ昔の相場だからちょっと安いし、これだとユイミーちゃんが販売で貰える利益ゼロになるけど」

「たぶん大丈夫です」

まじょばちゃんに提案された給与形態は時給制だ。一応あとで確認してみるけれど、自分で利益を確保する必要はないと思う。

差額は自分のお金にできるといっても、元々時給一五〇〇円というだけでもかなり好条件だし、今まで大変だったお客様のことを考えるとあんまり高値を付けようとは思えない。

「いやユイミーちゃん。ちょっとだけでも取っといたほうがいいよー。急にこの価格にするのも後々の店番が困るかもしれないから。また値上げだって揉《も》めてもあれだし」

「じゃあえっと……一割増しくらいでいいですか？」

「それでもだいぶ値下げしまくった感じするけどね……まあ、ユイミーちゃんがそれでいいならいいんじゃないかな」

「本当にすみません」

「いやいや、俺はまだ何も買ってないしむしろラッキーだから」

サフィさんは特に怒ってはいないようだけれど、私は割と落ち込んでいる。

毎日文句を言わずに上級南国果実Bを買ってくれた魔王さんに謝りたい。毎日しょんぼり帰っていったポヌポヌ犬のお客様にも。

「あの、もうすでに一回こっちの価格で売っちゃったんでお詫《わ》びして返金したいんですけど、なんか角生えて骨っぽくて手がいっぱいある魔王さんってどちらにいらっしゃるかわかりますか？」

「んー、確かにアホほど高い価格だけど、合意して払ったんなら問題ないんじゃないかな。あの人は前の店番のときも変わらず通ってたみたいだし。気になるんなら次来たときに何かサービスするとか？　今日の炒め物も美味かったし」

魔王、セレブだったのだろうか。だとしても、ちゃんと謝って説明しよう。

ポヌポヌ犬にも。明日も来てくれるだろうか。

私は他に間違ってやっていることがないかをサフィさんにチェックしてもらってからバイトを終えた。今日は帰って大反省会だ。

五　ズキズキ

「胃が痛い……」

朝一番に見たまじょばちゃんのメールによると、このお店で主に使うのは金貨、銀貨、小銀貨。

金貨一枚は銀貨一〇〇枚と同じ価値で、銀貨一枚は小銀貨五〇枚と同じ。つまり小銀貨は五〇〇〇枚で金貨一枚。

そして、小銀貨は日本円に換算すると、大体一〇〇〇円くらいらしい。

常連さんである魔王は、二日目から昨日までで四回買い物をした。一回につき上級南国果実Bを四つ、つまり金貨二〇枚だったから、合わせて金貨八〇枚ある。

金貨八〇枚は日本円で考えると、恐ろしいことに四億円相当になる。

「いやいや……」

本来は小銀貨四枚分の値段で、上乗せ分は懐に入るとしたら、四〇〇〇円を引いても考えるだけで目眩《めまい》がするほどのお金が私の取り分として残ってしまう。

毎日、いちおくえん。普通の顔で受け取っていたのがおそろしい。ついでに何も言わずにそれを払っていた魔王の財力も恐ろしい。迷宮怖い。

昨日の夜、私は震える手でまじょばちゃんに電話をした。

『えー、貰ったんだったら別に貰っておけばいいんじゃないー？』

「貰えないよこんなお金!!　どうすればいいの!?」

『どうするも何も、お客が納得して取引したならそれで成立しちゃってるんだから気にしなくてもいいよ～。学費もまだ残ってるし社会人になったときも貯金あると安心だと思うよ。迷宮は税金ないけど、日本《こっち》の口座に入れると調査が入りそうだけどね』

いっそ税金でいくらか持っていってほしいレベルである。迷宮に税務署を建てたい。

知らないままでこれほど大きな間違いをしていたという重圧で胃がキリキリする。いち大学生に高級マンションすら買えそうな大金とか、分不相応すぎて怖い。人生が変な方向に捻《ね》じ曲《ま》がってしまいそうだ。

「普段お金欲しいとは言ってるけどさ、さすがにこんなに貰うなんて無理。なんか不正に手に入れたみたいでやだよまじょばちゃん」

『うーん、じゃあお客さんに返金してもいいか相談してみて。返金返品は基本ダメなんだけど、とりあえず特例としてね』

「わかった……」

キリキリ痛む胃を押さえつつ、私はいつもよりも二時間も早く迷宮へと入った。私がいない間に魔王やポヌポヌ犬が来て、お店がやってないからと帰ってしまわないかと考えるといてもたってもいられなかったのだ。

気配か何かを察知しているらしく、私が来てから一五分ほどで白いもの集団たちがお店にやってきた。重圧に胃をキリキリさせている私の様子を窺《うかが》うように、そろそろ、いやてぴてぴと近付いてきて私のスリッパに小さな手を載せ取り囲んでいる。

「ものすごい失敗したつらさで押し潰されそう……」

「テピ……」

しゃがんで溜息《ためいき》を吐《つ》くと、オロオロと顔を見合わせた白いものたちが、あれこれと動き始めた。アワアワしながらてぴてぴ動き回るもの、私の足の甲に登ろうと頑張るもの、テーピテーピと私に一生懸命語りかけているもの、しがみついてプルプルするもの。

言いたいことはわからないけれど、私のことを心配してくれているようだ。そっと手を近付けると、短い手でしがみついてよじ登ってくる。

「……テピちゃんたち、ありがとう。ひとりきりでいるよりつらくないかも」

「テピ！」

「テピちゃんたちがいてくれてよかった」

「テーピッ」

「ていうかテピちゃんって呼んでいいの？」

「テピー!!」

手に乗っていない集団も、片手を挙げながら声を合わせた。異論はないようだ。

「テピちゃん」

「テピー！」

「テピちゃーん」

「テピー!!」

「……テピー！」

「テピー!!!」

私が片手を挙げながらテピコールをすると、元気よく返事が返ってくる。それを二〇回くらい繰り返していると、ちょっと気持ちが持ち直してきた。手の上にいるテピちゃんたちを指で撫でると、指もない小さい手がきゅむと指に抱きついてきた。

「かわいいなあ」

「テピ！」

手に乗っている組を下ろし、床にいる組もさわさわと撫でてから、よし、と気合を入れて立ち上がった。しゃがみ続けていたせいで若干立ちくらみが起きそうになった。壁に手をついてちょっとじっとする。

「落ち込んでても意味ないしね。とりあえず。魔王さんに謝ろう。外にいるかな？」

「テピー」

あれこれとテピちゃんたちがジェスチャーしているけれど、全然わからなかった。

「とりあえずその辺にいないかちょっと見てこようか」

「テーピー!!」

「テピちゃんたちはここにいてもいいよ」

わいわい、いやテピテピしている集団を踏まないように気を付けながら、お店のドアを開ける。

隙間から誰かいないか覗いてみて、見える範囲に誰もいなかったので一歩出て様子を見てみようと踏み出した瞬間。

ぼよーん、と見えない何かに激しく弾かれてしまった。

前に進もうとする体が、ゴムのような、柔らかくて弾力のある膜に受け止められたような感覚。

そののちにやってくる、反対方向への強い力。

お店の外へと出ようとした私は、弾かれて逆戻りし尻餅をついてしまった。

「うわっ」

「テピッ」

手はドアと壁を持っていたため反応が遅れ、お尻から盛大に着地してしまう。痛みを予感して反射的に目を瞑《つぶ》ったけれど、むしろムニッとした感覚があった。

「いっ……たくない」

「テピー!」

テピちゃんたちが心配そうにわらわらと集まってくる。座ったまま何かを疑問に思った。

ここの床は木製。そこそこ痛いはずなのに、その痛みがなかったのはなぜだろう。

というかなんか柔らかい感覚がしたのはなんだったんだろう。

床に手をついてお尻を上げて下を見る。

「！　テピちゃん潰れてる‼」

そこにはぺったんこになった白いものがいくつか床に張り付いていた。

まさか、私、お尻で圧死させてしまった……？

「嘘《うそ》どうしよう、テピちゃん死んじゃった？　やだ」

震える手で潰れた白いものをそっと持ち上げる。のした餅みたいになったそれは全部で四つ。私がいきなり尻餅をついたので逃げられなかったらしい。

なんで嫌なことに限って続けて起こるのか。自分の迂闊《うかつ》さに泣きそうになる。

ごめんね、と手に載せた四つのそれを撫でていると、むにゅっとそれが動いた。

「えっ」

平たい表面が波打つようにむにゅむにゅと動き、少しずつ高さが戻ってくる。それに伴って伸びていた体がジワジワと狭まり、ぷに、ぷに、と小さな手が生えて、その手がムニムニと顔を揉んだと思うとつぶらな目が開いて辺りを見回した。てぴてぴとお互いを見たテピちゃんたちが私を見上げ、それぞれ片手を挙げて「テピ！」と挨拶をする。

「え……大丈夫なの？」

「テピ」

「みんな平気なの？　潰れてない？　全員生きてる？」

「テピ！」

手に載った四匹共が、元気そうに返事をした。膝立ちになっている私の周囲にいるテピちゃんたちもついでにテピテピテピと同意していた。

どうやら圧死はしていなかったらしい。そっとつまんで持ち上げてみても変わったところはないし、撫でてみても嬉しそうにテピ～と鳴くだけで痛みがあるようにも見えない。私の体重と弾かれた勢いが合わさって、小さな体が受けた力は大きかったように思うけれど、特にダメージにはなっていないようだ。

このいきもの、見かけによらず頑丈らしい。

「よかったー!!」

「テピー！」

「ごめんね、今度から気を付けるね。テピちゃんたちもあんまり私の近くにいたら危ないから離れててね」

「テーピ」

よしよしと撫でながら手の上にいるテピちゃんたちに語りかけると、イヤイヤというように体を震わせながらひしっと指にしがみついてきた。

かわいい。かわいいし、無事で本当によかった。偶然だとしても頑丈なのだとしてもとにかくよかった。

よーしよしよしと白くてするんとした体を思う存分撫で、それから立ち上がる。

「ちょっとここに乗ってて。ここで店番しててね」

竹製のトレーを持ってくると、テピちゃんたちは渋々といった様子でそれに乗り込んだ。それを念のためカウンターの上に載せておいて、自分一人だけでドアへと向かう。

さっき、外に出ようとしたらなんか変な風になった。

レバータイプのドアノブを掴《つか》み、そっと開けてみる。洞窟っぽいひんやりした感じと火の灯《あか》りが揺らいでいる空間。目の前にはなんの障害がないことも確かめてから、恐る恐る手を伸ばしてみた。

ちょうど外と内側を仕切るドア枠のところで、見えない何かにぼよーんとぶつかって手がこちらに弾《はじ》き返された。跳ね返ってくる力が結構強い。手だけだからまだ耐えられているけれど、さっきのように体でぶつかってしまうと弾き飛ばされてしまう強さだ。

「見えない何かで、お店の外へと出られないようになってるんだ」

ここに何があるんだろう。

ぼぃーんぼぃーんと手で弾力を確かめると、確かに何かがある。でも、今までここを通ってきた人たちはそれに引っかかった様子はなかった。

もう一度だけ、そーっとゆっくり外に出ようとしてみたけれど、やっぱりぼぃーんと弾かれた。膝を曲げて衝撃に備えていたのに、やっぱり転んで尻餅をついてしまう。離れた場所からテピー！と心配そうな声が聞こえてきた。

「あ、大丈夫。全然痛くないから。不思議なほどに」

立ち上がってお尻に触れてみても、少しも痛むところはない。むしろ怖いくらい痛くない。

そういえば、と思い出して私は左手首に着けている細い円形のブレスレットを見た。まじょばちゃんが、これを着けていると怪我《けが》や病気になりにくいと言っていた。もしかしてそのおかげだろうか。ぼぃーんと跳ね返されるのにも、何か関係があるのだろうか。

「うーん……。謎」

理由はわからないけれど、とりあえず体はどこも痛くなく、そしてお店の外に出ることは難しいことがわかった。お尻が無事なのはありがたい限りだけれど、魔王を探しに行けないのはちょっと困る。

外に出るのを諦めてドアを閉じ、カウンターの内側へと戻るとテピちゃんたちがてぴてぴと近付いてきた。スツールに座ってカウンターに頬杖をつくと、テピちゃんたちがその周囲に集まる。

「待つしかないか。魔王さん、今日も買いに来てくれるといいね」

「テピ」

「もし来なかったら、テピちゃんたち探しに行ってくれる？」

「……」

お互い身を寄せながらプルプルしていた。イヤなようだ。

六　コツコツ

結局、私とテピちゃんたちは午前中、引き続きお店の掃除を頑張った。お店はそこそこ広く、そしてものが多い。けれど毎日コツコツ掃除をしていたので、見てすぐにわかるようなホコリや汚れがついた場所はなくなった。脚立とフロアワイパーを使って壁や天井も拭いて回り、ポヌポヌ音を立てて歩く犬のお客様がいつ来ても大丈夫なように準備をしておく。

テピちゃんたちは浅く水を張ったシリコン製の食器洗い桶に入り、耐水性の商品をチャプチャプ洗うのが日課になった。あとで商品を濯《すす》ぐのと一緒にテピちゃんたちも綺麗にできるので、このやり方が一番私の手間がかからない。手伝いらしい手伝いになっているからか本人たちも楽しそうでよかった。

休憩がてらお昼を食べ、再びソワソワしながら待っていると、ようやく待ちわびたノックが聞こえてきた。

ごつんごつんと重たい音は、毎日聴いた音だ。

「来た！」

私が立ち上がってカウンターから出るのと同時に、テピちゃんたちはわーっとあちこちに隠れにいく。

「いらっしゃいませ！」

いつもよりも勢いよく出迎えたせいか、魔王は数秒間停止したのちに入ってきた。モヤモヤした形で足音もないまま、スルスルとカウンターのほうに向かっていく。私はその向かいに立ち、それから勢いよく頭を下げた。

「あの、実はお客様にお詫びしたいことがありまして！」

『……その身の内に秘めたる言葉を解放せよ』

動物の頭蓋骨のようなその頭部から紫の光を発しつつ、魔王はそう低く唸《うな》った。

聞いてくれるらしい。

私は緊張しながらも、お金をぼったくりすぎていたこと、相場からかなりかけ離れた金額を貰ってしまっていたので返金したいことを説明した。

「本来の価格だと四つで銀貨一枚と小銀貨一枚でした。なので大変申し訳ないのですが、差額を返金させていただいてもよろしいでしょうか」

『断る』

「えっ⁉」

思った以上の即答だった。そして却下だった。

差額を取り立てるならまだしも、返金である。ぼったくっていたことに文句は言われるかもしれないけれど、差額を返金することについては特に文句は言われないだろうと思っていたので、私は返事に困って魔王を見上げる。

「……あの、私としてはぜひ返金させてほしいのですが、どうしてお断りになるのかお教えいただいてもよろしいでしょうか」

『取引は既に成った。我が魂に懸け取引を反故《ほご》にすることはない』

唸るように部屋に響く低い声と、遠回しな言葉で話はわかりにくい。けれど、魔王は返金に応じるつもりはやっぱりないようだ。

「でも、あの、お金を貰いすぎているので……返したお金でまた買い物に来ていただくというのはどうでしょうか」

『取引を乱すことは好まぬ。……新たなる訪問者よ』

「はい」

『汝《なんじ》の働きに見合うものとして、我が対価をその手に与えた。汝の述べる言葉はそれを覆すこと能《あた》わず』

「えっと……納得して払ったから、ぼったくり価格だとしても返金はいらないと……？」

『然《しか》り』

こっくりと頭蓋骨が頷く。ぼったくられてなおその言葉が言えるということは、やはり魔王はかなりのお金持ちなようだ。魔王だからだろうか。

「でもあの、差額は私のお金になるんですけど、私が持つには大金すぎて、恐れ多いというか、持っているのがつらいというか……身の丈に合わない金額なので、よかったら半分……いえ八割でも返させていただきたいんですけど」

『金貨銀貨に価値はない。汝を脅かすは汝のみ。己に克《か》つことこそが、汝を解き放つ』

何を言っているのか全然わからなかった。

お金に価値はなく、自分を脅かすのは自分だけ。自分に勝ったら自分が解き放たれる……？

解読を試みてもよくわからなかった。お金に価値がなかったらそもそものは買えないだろうし、自分に打ち勝つみたいなのはよく聞くフレーズだけれど、仮にそれをしたからといって私が四億円を受け取っていいかどうかはまた別問題な気がする。それとも、魔王が言ったのはそういう意味ではないのだろうか。

どう返事をすべきか悩んでいると、魔王はスッと黒い手を一本外に出し、そして私のほうへと伸ばした。

長い爪で引っ掻かれるのかなと一瞬身構えたけれど、その手は手のひらを下にして、そして私の頭頂部のあたりで動く。少し硬い感触が、頭の上で揺れた。

……撫でられているのだろうか、これは。

しばらくよしよし（?）したのち、魔王はすっと手を引っ込めた。

『我が対価、既に汝のもの。取引は既に終わった。我、新たなる取引を所望す』

「……今日も上級南国果実Bでよろしいでしょうか」

『是《ぜ》。全てを我が手に』

頷いて、キッチンへと向かう。今日もいつのまにか補充されている果実を手に取って、それから少し考えた。四つの果実を落とさないように持ちながら、カウンターのほうへと戻る。

「あの、今まで受け取ったお金の差額で、前払いという形で対応させてくれませんか？」

『……取引は既に成立している』

「じゃあああの！　私がこれ買います。金貨八〇枚分先払い予約で！　で、プレゼントさせてください」

ゆらゆらと頭蓋骨の奥で光る目が、私をじっと見ているように見える。

「えーっと、四億割る一〇〇〇……とりあえず、毎日のお買い物はプレゼントさせてもらえませんか？」

『取引は両方が対価を払わねばならぬ』

「じゃあ、私がお詫びの気持ちをあなたに渡します。あなたは、それを受け取る代わりに上級南国果実Bを受け取る、ということで……どうでしょうか……ダメですかね？」

じっと見つめ合う。魔王は沈黙している。

「あの、全部がダメならせめて金貨七〇枚分だけでも……六〇枚分だけでも」

『一枚分であれば応じよう』

「八〇分の一じゃないですか」

『それ以上には応じぬ』

きっぱりと言われてしまった。

金貨一枚減ったところで、残り三億九五〇〇万円分はまだまだ私の手元に残ってしまう。確かに一枚分であっても、返せるものなら返したいけど。

「じゃあ、それでよろしくお願いします」

『新たなる訪問者、そなたの魂に応じよう』

相変わらず唸るような声だけれど、ちょっと呆《あき》れたような雰囲気に思えたのは私の気のせいだろうか。

ではまず一日目として、とお金を貰わずに上級南国果実Bを渡すと、魔王は何も言わずに受け取ってくれた。

「ありがとうございます。どうぞこれからもよろしくお願いします」

『汝を脅かすものに打ち勝つがいい、新たなる訪問者よ』

魔王は四つの手でそれぞれ果実を持ち、謎めいた言葉を残して去っていった。

イスに座ってふうと息を吐くと、てぴてぴと白い集団が戻ってくる。

とりあえず、とりあえず少しだけ気持ちが軽くなったように感じた。

魔王、なんだか良い人だな。よくわからなかった言葉も、たぶん私のためを思って掛けてくれた言葉なのではないかと思える。

まだ大金が残っているけれど、また折を見て返せないか探っていこう。お金そのものとして返す方法だけでなく、それを使って何ができるかを考えていきたい。

よしと気合を入れると、テピーと返事があちこちから聞こえてきた。

七　ウキウキ

「ほんとに入ってる……」

増えた残額を見て私は思わず呟《つぶや》いた。

迷宮の通貨、日本円に換金できるって改めてすごいな。どういう仕組みなんだろう。あんまり深く考えちゃいけないとこなのかな。

私はまじょばちゃんにお願いして、不覚にもぼったくってしまったお金のうち、銀貨二枚分のお金を日本円に換えてもらった。きっちり一〇万円が口座に振り込まれている。ついでに私が掃除道具やら食材やらで使ったお金も、提出したレシート金額分が別に振り込まれている。

ちょっとリッチになった口座を見て、ハッと我に返る。

残高が多いのは嬉しいけど、これは手放しに喜んでいいお金じゃない。こんなのがぼんぼん振り込まれたら私の人生は変わってしまう。変に贅沢《ぜいたく》をしまくり、そしてその贅沢癖が抜けないままお金が底をつき、そして転落人生を歩んでいってしまうのだ。

……私の前任だった店番の人、人生大丈夫なのかな。随分ぼったくってたようだけど。

「よし」

私は小声で気合を入れた。顔を上げた先にあるのは開店準備中の大きな駅ビルである。隣にはデパートもある。大きな時計の針が一〇時に届こうとしていた。

私は今日、バイトのイン時間を少しずらすことにした。買い物をするためである。

相手からは納得されているとはいえ、ぼったくりを働いてしまったというお詫び、そして今までひどいお店となっていた挽回《ばんかい》のために、私ができることはひとつ。

それはあの雑貨屋をもっといいお店に変えていくことだ。

自分の罪悪感減らしのために返金を頼み込むより、魔王さんが喜んでくれる形で返したい。他に来るお客さんにも、今まで来られなかった分ちゃんと買い物ができるようなお店になったのだとわかってもらいたい。

そのためにまずは準備だ。警備員がドアを開け店員がテナントで頭を下げるビルの中に、私は意気揚々と乗り込んでいった。

急いで買い物を終え、迷宮《しごとば》へと戻って作業をする。途中でドアノブが動く音が聞こえて、私はお手伝いメンバーを招き入れた。

「テピちゃんたちおはよー」

「テピー！」

「今日も元気だね。テピー」

「テピー!!」

ドアを開けると、今日も元気そうにてぴてぴと入ってきた。慣れたようにお盆の上に集まる白い集団を持ち上げてカウンターのほうへと運ぶ。今日は天板の上に載せるのではなく、棚のそばの床へとお盆を下ろした。

「見て見て、テピちゃんたちが隠れられる場所を作ってみたよ」

カウンターに立って右手側にある棚、その一番下の段に、突っ張り棒と穴を開けた布を使って簡易カーテンを通してみた。布をめくると、棚の左半分にトレーが置いてある空間がある。

「お客さんが来たら逃げるでしょ？　でもあちこちに逃げ込んで出られなくなったりしたら大変だから、今度からここに入って」

小心者なのかシャイなのかビビリなのかわからないけれど、お店に誰かが来るとテピちゃんたちはあちこちに身を隠す。バケツの中に飛び込んで隠れるのはまだいいけれど、棚に置いてある複雑な造形物の間に挟まっていたり、カウンターの下に隠れていたりもするので、危うく踏みそうになって肝が冷えるのだ。

前みたいにぺちゃんこになったのちに復活するとしても、怖いのでそんな現場にはもう遭遇したくない。逃げ場をあらかじめ定めておけばそこに行ってくれないかなと思いついて道具を探してみた。

物がごちゃごちゃ溢《あふ》れているので流石に下の一段全部を空けることはできなかったけれど、それでも大きめのトレーが入ったのでそこそこの空間はある。

黒い突っ張り棒に、グレーの布。全体的に色褪《いろあ》せていて古めかしい雰囲気のある棚でもそれほど浮いていないと思う。中に置いたトレーは入りやすいように段差が少ないものを選んだ。

「テピ……」

そろそろと、いやてぴてぴと近付いたテピちゃんたちは、しげしげとカーテンを眺め、そして中にあるトレーを見ている。テピテピとしばらくざわめいてから、一匹がテピッとその中に入った。くるりと周囲を見渡すように回って、それから片手を挙げて他のテピちゃんに「テピ！」と鳴く。するとテピの集団もテピテピ騒ぎながら中へと入った。

「ほら、このカーテン閉めたらいい感じに隠れるでしょ」

すーっと一回閉めてみて、それからまた開けてみた。中に入っていたテピちゃんたちが、開ける手を追って体の向きを動かしている。

またすっと閉めて、もう一度開ける。一斉に動いててなんか楽しい。

何度か開け閉めしていたら、テピちゃんの一匹がトレーから出てきた。小さい手でそっとカーテンを掴む。左右に引っ張ってカーテンを開け閉めし始めた。

一センチくらいしか動いていないけれど、一応自力で開け閉めできるようだ。数匹で協力してやればちゃんと動かせるだろう。

カーテンを持っているテピちゃんが、じっとカーテンを見上げ、それから私を見た。

言わずもがな目がキラキラしている。

「テピ」

「気に入った？」

「テピー!!」

「それはよかった」

「テピー!!!」

同じく目をキラキラさせたテピちゃんたちが、わらわらと出てきて私を囲んで手を挙げる。まるで万歳と声を上げているように動きが揃《そろ》っているので、止《や》めどきがわからなかった。

「テピー!!」

「うん、喜んでくれてよかった」

「テピー!!」

「そうだね、ここに隠れて」

「テピー!!!」

「ちょ、わかったから」

「テピー!!!」

ピンポン球サイズの熱気に囲まれていると、カシカシとドアを引っ掻く音が聞こえた。その瞬間、テピちゃんたちが一目散に棚の中へと逃げていく。最後の三匹が協力してカーテンを閉めると、テピちゃんたちは完全に沈黙した。

「……」

うん。まあ、活用してくれてよかった。

「はーい」

返事をして、ドアを開ける。そこには見慣れた犬がいた。

「いらっしゃいませ!」

返事をするように尻尾をほんの少しだけ揺らした犬が、ポヌポヌと謎の音を立てつつ中へと入ってくる。フンフンと嗅ぎながらあちこちを確かめるその姿に、私はホッとした。

よかった、今日は来てくれた。

私がぼったくりをしてしまっていたと気付き、謝ろうとしていた昨日、ポヌポヌ犬は姿を見せなかった。通い始めてから初めて姿を見せなかったので、もう価格に諦めて来なくなってしまったのではないかと不安になっていたのだ。

フンフンと床を嗅ぎ回り、そのままナチュラルに壁を歩いているその姿は、一昨日見たものと変わらない。とにかく来てくれてよかった。

はやる気持ちを抑えつつ、嗅ぎ回る姿が戻ってくるのを待つ。いつもと同じように天井も丁寧に嗅ぎ回ってから地面へと戻ってきたポヌポヌ犬は、後ろを振り返ってから少し尻尾を振った。壁や天井もしっかり掃除したので、足に汚れがつかなかったことに気付いてくれたようだ。

ポヌポヌ犬がそのままカウンターへと歩いて登ってくる。

「いらっしゃいませ、あの、今日は説明したいことがありまして、以前の価格表記についてなのですが、間違ったものを出してしまっていました。すみません」

私が頭を下げると、ポヌポヌ犬はじっと動かずにそのままの状態で待っていた。

「これからはこちらの価格に変わります」

私は新しく作った価格表を取り出した。

品物と価格をプリントアウトしたB４の紙を、透明なカードホルダーに挟んだものである。前のぼったくり価格が書かれていたのは木の板だったのでそれに比べたら安っぽい作りになってしまったけれど、字も大きめに印刷したので見やすいと思う。とりあえず暫定版としては十分だろう。落ち着いたら、もうちょっとしっかりした素材に変えてもいいし。

「欲しいものがあればぜひ教えてください」

とりあえず売る品物と買う品物について、スマホにメモした項目を全部印刷してきた。それを全てカウンターに並べる。

マニュアルの項目を見せていたときは製本された形だったのでめくらないといけなかったけれど、これは価格表を並べられるので好きに見てもらえる。そしてそれぞれに価格をつけたので、値段も一目瞭然だ。

今日こそはきっと買い物してもらえるはず、と期待した私に返ってきたのは、前と同じように、くーんと残念そうに鼻を鳴らす音だった。

「……ダメですか？」

ポヌポヌ犬は、くるくるの毛で隠れている目を私のほうへ向け、それからもう一度くーんと鼻を鳴らした。鼻先でフンフンと価格表の入ったカードケースを嗅いで、また私を見上げる。

「あの、何がダメなんでしょうか。値段もかなり変わったし、あの、うちで売っているものは全部ここに書いてあるので……」

並べた価格表を犬の前に集めて見せてみるけれど、ポヌポヌ犬は鼻を鳴らしただけで尻尾も動いていない。じっと価格表を見つめては、首を捻《ひね》るだけである。

値段が高いから買わないで帰っていたのだと思っていたけど、違ったのだろうか。欲しいものが見つからないからガッカリしているのだろうか。

今日は何か買っていってもらえると期待していただけに、ジワジワと落ち込んでくる。

「……んん？」

悲しい気持ちで眺めた価格表、それを私の向かいで見ているポヌポヌ犬が、首を傾げては反対に首を傾げ、と顔を動かしている。鼻先を近付けたかと思ったら離したりしつつ、また首を傾げた。

「あの、もしかして、これ、読めないですか？」

ポヌポヌ犬が鼻を上げ、それからワフとごく小さく鳴いた。

尻尾も少しだけ揺れている。

「あっ……あー！　読めない、読めないんですね！　これ日本語だから！」

尻尾がパタンパタンと揺れる。初めて意志が通じ合ったのを感じて私は嬉しくなった。

そうだった。

この世界は、地球上とは言語が違う。私はまじょばちゃんからもらったブレスレットのおかげで話すのも文字を読むのも不自由していなかったけれど、反対にここのひとたちには日本語がわからないままだったようだ。

ウッカリしていた。相場の価格をスマホで写真に撮り、家で打ち直したものをコンビニで印刷したので、もちろん価格表は日本語だ。今日のポヌポヌ犬は値段や品物で困っていたのではなく、字が読めないことに戸惑っていたらしい。

「なるほどー……気付かなくてほんとすみません！　えっと、どうしよう。今日はとりあえず品物を読み上げるので、気になるものがあったら教えてくれますか？」

ポヌポヌ犬は再びワフと小さく鳴いて、それからカウンターの上にお座りした。ぱたんと一回だけ尻尾が揺れる。聞いてくれるようだ。

「販売している品物で、ナマモノからいきますね。えーっと、ギエリの目玉、四つ葉鳥の羽根とクチバシと爪以外セット、よくわからない果物C（冷凍）、みどりレバー各種サイズ……」

要冷蔵または要冷凍品を読み上げたあと、ポヌポヌ犬を見る。座ったまま、小さくくーんと鳴いていた。なかったらしい。

「次は常温のもので、オオグマの大腿骨《だいたいこつ》、肋骨《ろっこつ》、背骨、腱《けん》ジャーキー」

ワフ、と少し大きめの声が読み上げる私を遮った。

「……オオグマの腱ジャーキー」

ポヌポヌ犬が立ち上がる。パタパタと尻尾が揺れていた。激しく振られているわけではないけれど、今まで見た中でも一番大きく揺れている。

「これなんですね⁉　欲しいもの、オオグマの腱ジャーキーなんですね？」

ワフ、ともう一度返事があって、私は喜びに震えた。

「えーっと、腱ジャーキーは一本で小銀貨五枚、一袋は銀貨一枚で一本分お得みたいです」

ワフと小さく呟いたポヌポヌ犬は、その場でくるくると回り始めた。ポヌポヌポヌポヌと音がして和む。尻尾を追いかけてグルグルしてるように見えたけれど、動きを止めたポヌポヌ犬は、口に咥《くわ》えていた小銀貨を五枚、価格表の上にチャリチャリと落とした。

今、どうやってお金出したんだろう。謎すぎる。

「えっと、腱ジャーキー一本でよろしいでしょうか？」

ワフと返事をもらったので、私はマニュアルに記載された説明から商品を探すことにした。

オオグマの腱ジャーキー‥

自家製スパイスで味付けした美味なジャーキー。とても硬い。これをおやつにできるものはかなりの猛者《もさ》。これを三日くらい鍋で煮込んで作るシチューはダシが出てとても美味。キッチンのレンジ下にある乾物入れ（赤）に入っている。重いので気を付けて運ぶこと。

硬いらしい。キッチンに行って書かれていた場所を見ると、赤いプラスチックのカゴの中に大きくて濃い茶色をした、大きめの骨のようなものが置いてあった。

「これ……？」

カゴの底のほうには麻袋が入っていて、その上に骨っぽいものが三本。太さも長さもちょうど私の肘から手首くらいまである。触ると少しざらざらかつひんやりしていた。

麻袋の中も確認してみようと思ってカゴに手を掛ける。

「重たっ!!」

片手では動かなかった。足を踏ん張りながら両手でズリズリと引っ張って、半分だけカゴを棚の外に出す。全部出してしまうと戻す自信がなかった。

上に載っているものをとりあえず別のところへ移し、麻袋の中を覗く。同じものが何本も入っていただけなので、やはりこの骨っぽいものがオオグマの腱ジャーキーなのだろう。元の場所に戻して、一本だけを持ち上げてカウンターのほうへ運ぶ。

一本だけでも重たい。二リットルのペットボトル二本分より重そうだ。「とても硬い」と書いてあったし、密度が半端ないのかもしれない。袋入りで注文されなくてよかったと心底思った。

「こちらで間違いないでしょうか？」

フンフンと重いジャーキーを嗅いだ犬が、尻尾をゆるく振りながらワフと返事をした。

「では小銀貨五枚いただきます。こちらの商品、かなり重いのですが大丈夫ですか？」

価格表を片付けて、カウンターの上を転がすようにポヌポヌ犬の前へとジャーキーを出す。

このジャーキー、ポヌポヌ犬の体重の半分くらいの重さはありそうだ。太くて長さもあるし、どうやって持って帰るのだろうと心配になった。

「あの、もし袋が必要だったら用意しますけど」

そう言った私に、ポヌポヌ犬は一度だけ尻尾を揺らした。それからフンフンとジャーキーを嗅ぐと、おもむろに口を開けてそれをあぐっと咥える。ジャーキーが太いので、口を目一杯開けてどうにか咥えているようだった。

何度か噛《か》む位置を調整してから、ポヌポヌ犬がジャーキーをぐっと持ち上げる。

「おお……」

結構重いのに、落とすことなくしっかりと咥えている。ポヌポヌ犬、もしかしてかなりの猛者なのだろうか。かわいい見た目とポヌポヌした足音をしているのに。

一度私のほうを見てパタパタと尻尾を揺らしたポヌポヌ犬は、そのままポヌポヌとカウンターの天板から下の壁へと歩いて降り、床をドアのほうへと歩き出す。私は慌てて付いていって、外へと繋がるドアを開けた。

「お買い上げありがとうございました。あの、またぜひ来てくださいね」

ジャーキーを咥えたまま顔を上げて私を見た犬が、アフと鳴いて尻尾を揺らす。そしてポヌポヌと音を立てて帰っていった。

その足取りはしっかりしている。少し尻尾が揺れているのは、歩いている反動だけではなさそうに見えた。

ポヌポヌ聞こえてくる後ろ姿を少し見送ってから、ドアを閉める。ふうと息が出た。

せっかく作った価格表だけど、全部作り直さないといけない。こっちの言葉で書き換えるってどうやればいいんだろう。私には日本語として見えてるから、何か方法を探さないと。こっちの言葉ならパソコンで出力はできないだろうし。サフィさんに手伝ってもらったほうがいいかもしれない。

でも、買ってもらえた。いつも残念そうに帰っていくだけだったのに、今日はちゃんと欲しいものを教えてもらって、そして売ることができた。

「よっしゃー！」

達成感から思わずガッツポーズすると、いつのまにか出てきていたテピちゃんたちもテピー！と声を上げた。

売り上げを記録するノートに、日付と品物と値段を書き入れる。まだ一ページ目の上半分しか使われていないそれには、上級南国果実B以外の文字が初めて並んだ。

五章　命を刈り取るお仕事

一　もうひとりの頭蓋骨

「いらっしゃいませ、こんにちは！」

ごつんごつんと重いノックの後に入ってきたのは魔王さんだった。

考えてみると、ここのお客様はいきなり入ってくることはなくて礼儀正しい。ドアノブを開けられないからノックをしているひともいるけれど、お客さんがいないときは掃除してるかだらしない顔でマニュアルを読んでいるかなのでノックをしてくれるととてもありがたい。

「今日も上級南国果実Bのみでよろしいですか？」

『是《ぜ》……』

「わかりました。少々お待ちくださいね」

目をほのかに光らせながらこっくりと頷《うなず》いた魔王さんに頭を下げて、私はキッチンのほうへ意気揚々と向かった。今日冷蔵庫から取り出すのは上級南国果実Bだけではない。

「あのー、いつも手で持って帰ってらっしゃるんで、よかったらこれ使ってください」

カウンターに置いたのは、果物かごだ。

繊細に編み込まれたそれは、緩やかに描かれた曲面が入れた果物を優しく受け止めるようになっている。冬瓜《とうがん》を縦長に切ったような楕円形《だえんけい》で、真ん中に取っ手が付いている。

籐《とう》かご。本物のラタンで編んである、と説明されたそれは、程よく艶があり強度もあった。ラタンが何なのか代替品もあるのかよくわからないけれど、百貨店の催事場で職人っぽい人が売っていたので良いものだろう。値段もそこそこしたけれど、魔王さんからぼったくってしまったお金があったので余裕だった。

かごの底に手拭いを敷いて上級南国果実Bを入れてみたら、想像以上にさまになっている。

魔王さんもそう思うのか、頭蓋骨がかごへ視線を注いでいた。

「あと、これは私の世界にある美味《おい》しい果物なんですけど、よかったらどうぞ」

ぼったくり価格だろうが毎日あるだけ買いに来るということは、魔王さんはこの上級南国果実Bが好きらしい。

高くて、南国の果実で、甘い。そこからヒントを得て私はおまけを買ってきていた。

「マンゴーっていう名前の、甘くて美味しい果物です。いつもお世話になっているので、そのおまけに」

アミアミの包装を取った、大きくてつやつやなマンゴー。上級南国果実Bと並んでかごに入れたそれは、濃い赤に色付いていてなんとも美味しそうだ。

『……新たなる訪問者よ』

「あっ、これはうちのサービスというか、常連さんにはちょっと贔屓《ひいき》してもっと通ってもらおうという戦略なので、取引とかそういうの関係なくもらってください」

『……』

「えーと、ほら、味見も兼ねて……。好評なら、売り物として仲間入りするかもしれません」

それは魔王さんがなかなか受け取ってくれないので適当に口から出た言い訳だったけれど、マニュアルを読んだ限り、お店で扱っていないものも取り寄せで売ることができるらしいのでウソにはならない、はず。

買い物帰りにちょうど通りかかって、色合いが上級南国果実Bと似てるな、と思ったので買ってしまったのだ。

もしかして同じものでは、と思ったけれど、並べて見てみるとちょっと違った。マンゴーは果実にリンゴみたいな軸がそのまま付いているのに対して、上級南国果実Bは柿やミカンのようなヘタが付いている。形も上級南国果実Bのほうがやや球体に近かった。

私のお詫《わ》びの気持ちと、あとぼったくったお金を少しでも還元していこうという気持ちの入ったマンゴーである。これも百貨店に入っている高そうな果物屋さんで一番熟れているものをとお願いして買ったものなので、もう食べ頃になっているはずだ。

果物かごを持ったままじっと待っていると、魔王さんがスッと手を出した。黒くて爪の長い手がかごに入っているマンゴーを手に取る。

そのまま手首を動かしてマンゴーを色々な角度から眺めていたかと思うと、魔王さんは手を曲げた。

「あっ」

骸骨の口の部分に近付いていたマンゴーが、私の声で止まる。

「あの、それ、皮剝《む》いて食べるやつなんですけど……」

上級南国果実Bは、剝かないでそのまま食べているのだろうか。皮を剝くという概念自体、あるのだろうか。そのままサイズで口に入るのだろうか。そもそも頭蓋骨丸出しだから口も骨が丸出しですけど。

どう想像しても怪しげな黒いモヤに身を包んで果物を食べる様子が思い浮かばずに戸惑う。

そのまま食べてもお腹《なか》壊したりはしないだろうけれど、軸も付いているしあんまり美味しくなさそうではある。

「……皮、剝いてきましょうか？」

私の提案に、じっと動きを止めていた魔王さんがそっとマンゴーをこちらに差し出してきた。

『汝《なんじ》の刃に託そう』

「剝いてきますね」

念のため剝き方をググっといてよかったと思いつつ、私はマンゴーを手にキッチンへ戻った。

マンゴーは、平たくて大きめなタネがあるらしい。

形をよくチェックしてから、タネのない場所に包丁を入れる。果肉部分、中央にあるタネの入った薄い部分、反対側の果肉部分と三つになるように切った。それからお椀《わん》型の果肉部分を皮を切らないよう縦横に切れ目を入れ、ぐるりと軽く刃を入れて皮を裏返すように反らせると、食べやすそうな見た目になった。見た目も映えそうな華やかさだ。

「うまくいった……」

初めてだったので、成功してちょっとホッとする。

タネの周りの果肉も切り落としてお皿に盛っていると、テピ、と声が聞こえた。

私の足元に集まったテピちゃんたちがじっとこっちを見上げている。

「……皮、いる？」

「テピ！」

皮を見せたら喜ばれた。二センチ幅で長さも二〇センチくらいしかないただの皮なのに、手をパタパタ動かしながら待ちわびられるとなんか申し訳なくなる。ちょっと屈《かが》んで皮を垂らすと、てぴ集まって興味深そうにみんなで皮を持ち上げていた。

「今度買ってきて一緒に食べようか」

「テピー！」

細長い皮を並んで両手で掲げているため電車ごっこみたいになっているテピちゃんたちをそのままに、私はフォークとお皿に載せたマンゴーを一緒に魔王さんへと届ける。

「どうぞー」

黒い手がフォークを取る。爪が長いので、掴《つか》むというよりはつまむように持っていた。果肉のひとつにそれを刺して持ち上げ、しばらく眺めてから口に入れる。草食動物っぽい細長い頭蓋骨の下に入ったフォークは、滲《にじ》み出《で》る黒いモヤで半分ほど見えなくなって、取り出されたときには刺さっていたマンゴーは消えていた。

紫色の光る目が見えている頭蓋骨が、わずかに揺れている。

もぐもぐしているらしい。

「どうですか？」

返事はなかった。

しばらくもぐもぐした魔王さんは、もう一度マンゴーをフォークに刺して口に入れる。また刺して口に。さらにもう一度。

めっちゃもぐもぐしているということは、気に入ってもらえたのだろう。

みるみるうちに半分がなくなり、それに気付いたのかフォークがピタッと止まる。それからもう半分に手をつけ始めた魔王さんは心なしか動きがゆっくりになっていた。マンゴーを刺したフォークを口に入れてから出すまでの時間も長くなっている。

美味しかったから勢いよく食べたけど、なくなるのが惜しくなったらしい。かなり気に入ってもらえたようだ。

「また買ってきますね」

そう言うと、魔王さんはもぐもぐしながらコクッと頷いた。

見た目がいかついし圧がすごいし言葉も難解だけど、なんかちょっとかわいく思えてしまった。

ほのぼのした気持ちで惜しみながらマンゴーを食べる魔王さんを見ていると、不意にコンコンとノックする音が聞こえた。

サフィさんかな、と思った私が体を傾けて大柄な魔王さん越しにドアを見ると、ちょうどドアが開く。少し開いたところで先客がいると気が付いたのか、ドアはすぐに閉まったけれど、私はドアを見たまましばらく固まってしまっていた。

……今、大鎌持った死神がこっち見てたんですけど。

二　イメージとギャップ

　ドアの外になんかいた。人間の骸骨が黒いローブのフードをかぶって大鎌持ってるなにかが。

「……ありがとうございましたー。あの、明日もまた来てくださいね。今度は他の果物買ってきますから」

　どうにかこうにか魔王さんの滞在時間を延ばせないかと色々質問してみたけれど、あんまりお喋《しゃべ》りな人ではないので会話は途切れてしまった。あんまり長く引き止めると要冷蔵の上級南国果実Bがぬるくなりそうだし、お客さんを無理に引き止めるわけにもいかない。

　また来てくださいね、とつい何度も言ってしまった。できたら早めに、命の危機とかを察してきてくれると嬉《うれ》しい。マンゴーとか何個でも買ってくるから。

　果物かごを装備することで若干の親しみやすさを醸し出している魔王さんは、私の言葉に律儀にコクッと頷くと、そのまま帰っていく。黒くて爪の長い手が開けたドアの向こうを、つい凝視してしまった。パタンとそれが閉まったあとも。

「……」

　来るのだろうか、死神。

「テピちゃんー!!」

棚の前でしゃがみ、しっかり閉じられたカーテンを勢いよくめくる。

鏡餅的なフォルムでプルプル固まっていた集団の中から、一番上に乗っているのを掴んだ。

「テピテピー！」

「ちょっと怖いから一緒にいて。お願いだから」

「テ……テピー!!」

テピちゃんは小さい手をパタパタと動かしながら、私の手から逃れようとジタバタしている。手のひらになんかむにゅむにゅした感触が伝わってきてちょっと気持ちよかった。

「お願いだから！　まだ私死にたくないから！」

「テーピー！」

ビビリのテピちゃんを道連れにするのは若干心が痛むけれど、私ひとりで立ち向かうには死神は恐ろしすぎる。あんまり暴れるのでもう一匹掴んで手に載せると、お互いをヒシッと抱きしめながら私の手の中で大人しくなってくれた。プルプルしてるけど。

むにゅむにゅ感を片手で感じながら、私はカウンターの上にスマホを取り出して操作する。

「死神って弱点あるのかな、いやサフィさんみたいに効かない場合もあるか……あ、迷宮《ここ》って電波圏外……じゃない!!」

ここ、Wi-Fi来てるわ。

画面に「接続可能なWi-Fiがあります：majobachan-free」と通知が出た。

なんだ、まじょばちゃんフリーってこのあからさまなネットワーク名。まじょばちゃんが作ったのか。この部屋のどこにそんな設備が。見回すと、棚に置いてあるガーゴイル的な置物の目が黄緑色に光っている。

……もしかしてあれ、無線ルーターだったのかな。いや電源はどこから。ちょっと気になったけど、触れてはいけない謎っぽいのであまり追及しないでおく。

パスワードなしで繋《つな》げられるそのネットワークを選択してみると、ちゃんと接続できた。ありがたいけど謎すぎる。

とりあえずブラウザアプリで「死神　助かる　方法」と検索してみた。

有用そうなサイトが全然見つからない。なんで落語とか出てくるの。

片手でテピちゃんたちをむにゅむにゅしながら必死にググっていると、コンコン、とノックの音が響いた。握ったテピちゃんたちと顔を見合わせ……られなかった。こいつら、お互いに向き合って顔を隠してやがる。

もう一度、コンコン。静かで軽いノックは、明らかに先程のお客さんのものとは違っている。

「……はーい」

一瞬、自分の部屋に逃げ帰ることも考えたけれど、それはできなかった。

私は今、バイト中だ。やってくるのがお客さんなら、接客しないといけない。

サフィさんの話では、ここの近くには似たようなお店はないようだ。前のぼったくり店番で困っていた人たちがいるなら、なるべく助けになるようなお店にしたい。

きっと大丈夫。

テピちゃんたちをムニムニしている手、その手首に付いているブレスレットに触れる。もし恐ろしい相手だったとしても、まじょばちゃんが、このブレスレットが守ってくれるはず。姪《めい》っ子《こ》を特別かわいがってくれるまじょばちゃんが、無防備に私を死の危険に晒《さら》すわけない。……たぶん。

大きく息を吸って、力強く立つ。そして私はお客さんを迎え入れた。

「どうぞー！」

勢いが良かったのは声だけで、いつもみたいにドアを開けに行けなかったのは許してほしい。いや、ノックするタイプのお客さんは普通にドアノブ開けて入ってくるしね。別に他意はないというか。君子危うきに近寄らずで生きていきたいというか、生きていたい。

願わくば、違うお客さんでありますように。

むにゅむにゅしながらそう願う私を嘲笑《あざわら》うかのように、ギイィ……と開かれた扉の隙間から覗《のぞ》いたのは、どう見ても人間の頭蓋骨だった。

開かれた扉と共に、ひんやりとした風が吹き込んできたように感じたのは、気のせいだろうか。向こう側から回されて動いたレバー式のドアノブが立てる小さな音と、軋《きし》みながら開く木のドアの悲鳴、それ以外の音が消えたようにしんとしている。

視線が吸い寄せられるのは、やはりその人の頭部だ。

人間の頭蓋骨。中学や高校の理科室で見たのはスケールが小さいものだったけれど、ゆっくりと入ってくるそれは成人男性サイズだった。目はくり抜いたように丸く凹《くぼ》んでいて、鼻のある位置は三角形にぽっかり開いている。強調される頬骨《ほおぼね》に並んだ歯、所々に入っているヒビのような接《つ》ぎ目。

完全にヒューマン的な頭蓋骨。しゃれこうべである。

光沢も色褪《いろあ》せもない漆黒の布がボロボロだとわかるのは、その輪郭がほつれ破けているからだ。柔らかく薄そうなその布は頭蓋骨の頭頂部からかぶせられ、顎の横を通って鎖骨のあたりで合わせられているので、首から下の肋骨《ろっこつ》や背骨は見えなかった。真っ黒の布を辿《たど》ると次は肘から下が出ていて、細かい骨が合わさった手の片方には、鈍色《にびいろ》をした金属が握られている。

鉄の棒のようなものはよく見るとしっかりと太いけれど、立っている骸骨よりも長く、その先に付いた刃が恐ろしく大きいので細長く感じた。弧を描くように曲がった鎌の刃は、付け根のほうから尖《とが》った先まで余すところなく研がれてギラギラと光っている。

死神は大鎌を右の肩に掛けるようにもたせかけ、刃を自らの後ろを覆うようにしながら右手で柄を掴んでいた。

「……」

完全に命刈り取るやつやこれ。

大きな刃物も、くすんだ生成色の骸骨も、目の当たりにするとそれだけで恐ろしく感じる。それが近付いてくる間、私はテピちゃんたちを両手で包み、胸の前で潰さないように抱きしめているだけで精一杯だった。

冷たい風で漆黒の布がひらひらと揺れて影ができる。音もなく店内に入り込んだ死神が私のいるカウンターの前に立ち止まると、風が吹いてドアがバタンと大きな音を立てて閉まった。その音に私は、思わずビクッと肩を揺らしてしまった。

同じような頭蓋骨にボロ布といういで立ちの魔王さんは目が光っているけれど、目の前にいる死神はそういったものはない。本当に、ただ頭蓋骨が動いているだけのようだ。それはそれで怖い。

じっと目、いや目のある位置の窪《くぼ》みと見つめ合う時間がすぎ、死神はおもむろに片手を挙げた。かしゃり、と軽いような硬いような音が小さく聞こえる。

「まいどまいどー！」

「⁉」

指先まで真《ま》っ直《す》ぐにした手を軽く挙げた死神は、ものすごく明るい大きな声を出した。その声はやや低く、明るい中年男性のような印象の声である。

「よーやっと挨拶に来れましたわ。もうタイミングタイミング。ぜんっぜん合わんて！　いやもーさっきはえらいすんまへんなあ。ええかな～思て開けたら大将おるやんゆうてな、いや申し訳ないことしたわーほんま堪忍やで！　な！」

なんかコッテコテの関西弁に聞こえるんだけど、気のせいだろうか。

頭蓋骨の下、繋がってそうで繋がってなさそうな下顎がカシャカシャ動くたびに、ないはずの声帯から元気な声が部屋へと響き渡っている。波を感じる抑揚と笑いが混じる大きい声、喋るたびに動く顔や上体は、テレビで見る芸人のようだった。骨だけだという点を除けば。

イヤイヤホンマホンマと独り言なのか迷う言葉を発しつつ、頭蓋骨は頭を掻《か》いてペコッと頭を下げる。

「ほなまー改めてご挨拶でも。どうもこの辺で商売さしてもろてます死神ですー」

「あ、野々木由衣美《ののぎユイミ》ですよろしエッ死神⁉　マジで死神⁉」

慌てて私も頭を下げ、途中で勢いよく顔を上げてしまった。

今この人、自分で死神って名乗ったのでは。マジでそうだったのか。

じっと見ていると死神がハッハハと笑い始めた。

「いやそらそやろ！　見てみいこの格好《カッコ》！　されこうべと大鎌背負てサラリーマンですっておかし

いやん！　コスプレとちゃうでコレ！」

自称死神は「されこうべと大鎌～」のところで自分の頭蓋骨をカシャッと叩《たた》き、それから大鎌を両手で持って見せるというオーバーな動きを交えて、更にビシッと手を動かしてツッコミを入れた。その勢いに押されている私は「はぁ……すみません……」としか返事ができない。

「いやええねんけどな！　わかりやすくてええやろこれ。もう最近はあえてこの格好してるとこあるわ。トレードマークちゅうやつや。ボク見ての通り骨やし大体どんな服でも着れるねんけど、流石《さすが》にシャツ着てフリース着て『まいど～死神です～』は格好つかんしな！」

「そ、そうですね」

「でも家ではジャージ着てんねんで。これビラビラ邪魔やねん」

死神のプライベート情報を入手してしまった。

家ではジャージに着替えている死神。というか家がある死神。ニンニクも銀も怖くないヴァンパイアレベルで既存のイメージをぶっ壊してくる人だ。

「あんたがユイミーちゃんやな！　あんたんとこのおばちゃんにはよーお世話んなってるわ。よろしゅう言うといてな！」

「あ、まじょばちゃん、はい、伝えておきます」

「なんやおとなしぃてエエ子やん。こないだ大将と喋ったとき前と値段変わらんて言うとったからまたどエラい人来たわ思てたら」

「あっ、あの、値段は変わったので、すみません、まだ価格表できてないんですけど、この価格の一割増でお願いします」

「一割てそらまたえらいサービスしたな！　あんた食うていけるんか！」

「大丈夫です」

はェーこらまた助かるけどもやな、と呟《つぶや》きながらマニュアルの価格表をしげしげ眺めるように動いた頭蓋骨が、まぁええか、と頷いて顔を上げた。

オーバーリアクションと勢いの良い関西弁のおかげで、今まで感じていた恐怖感がほぼほぼ消えている。とっつきやすい人、いや死神でよかったなと思いながら改めてこれからよろしくお願いしますと頭を下げると、死神さんもまいどまいどと頭を下げてくれた。

関西の人って本当にまいどまいどって言うんだな。いや、迷宮だし骸骨だから関西の人と言っていいのかわからないけども。

「ほな早速、一発仕事頼むわ！」

「はい。ご用件はなんでしょうか？」

「これや」

どん、と死神がカウンターの上に置いたのは、そこそこ大きな袋だった。

死神さんが骨の手で置いた濃い茶色の袋は、麻のような目の粗い生地でできていた。幅がおよそ四〇センチ、高さは倍くらいだろうか。中身は袋の半分ほどまでしかないようだけれど、入っている部分の袋がしっかり膨らんでいるので量としては多そうだ。カウンターに置いたときの音からしても軽くはない。

「これ、なんですか？」

「米や」

「コメ？」

ヨッコイショと大鎌を壁に立てかけた死神さんが、手慣れた様子で袋を括《くく》っている紐《ひも》をほどいて袋を開けてみせた。

「……米？」

「米やろ」

一面が黒色である。黒色である。

沢山入ったそれは確かに米粒型をしている。しているが、黒色である。

「米……ですかね」

「米やろどう見ても。あんた米食わんのか？　肉ばっかりやったら栄養偏るで。まあそない言うても最近の若い子ォは籾《もみ》付いてるの見たことないんかな」

米は食う。パンよりコスパが良いので米はよく食っている。

ただこのお米が私の知っているお米じゃないだけで。

私を若い子扱いするあたり、やっぱりそこそこ年を取っているようだ。骸骨が年を取るという言い方が正しいのかわからないけれども。

「ボク本業は農家やねんけどな」

「え⁉」

「うちの精米機が壊れてしもて」

「精米機⁉」

「出荷分は向こうでやってもらえるからええんやけど、うちで食べる分がどうもな」

「出荷⁉」

「いちいちリアクションええなあユイミーちゃん」

そりゃリアクションも激しくなろうというものだ。

死神なのに農家。

死神なのに自宅に精米機。

死神なのに出荷。

長閑《のどか》な田園風景にたたずむ茅葺《かやぶ》き屋根の家。そこから出てくる大鎌持った死神。田んぼに骨の足を突っ込んで苗を植える死神。できた米を出荷する死神。農協に出入りする死神。

脳が情報処理に戸惑っている。

「え……農家？　お米作ってるんですか？」

「そうそう。まあ死神いうたら普通は麦やし驚くのもわかるけど」

「普通は麦の農家なんですか⁉」

「コレ見たらわかるやろ」

これ、と骨の親指が指したのは大鎌である。

「いやわからんやろ！」

「ナイスツッコミやけど、ユイミーちゃんは箱入りかいな。これで麦刈りする光景見たことないか？」

「ないです。え、これ農業用？　魂刈る用じゃなくて」

「魂もまあ刈るけどな、農閑期に」

「農閑期に……」

農閑期、社会の授業でしか聞いたことのない単語だ。平凡なサラリーマン家庭で育った私には、米農家の死神も、麦農家の死神も、大鎌で作物を収穫する死神も、想像するには荷が重すぎた。

「だーいぶ前にここで精米やってもろてたの思い出して頼みに来たんやけど、いけるかな」

「あ、ちょっとお待ちください」

話が私のわかる方向に戻ってきたので、姿勢を正してマニュアルを開いた。精米作業ならサービスの項目にあるだろう。

大きなマニュアルをめくろうとすると、手の中にいたテピちゃんたちがすかさず逃れて手首の袖口に隠れた。ツッコミどころが多すぎて結構強めにムニムニしてしまった気がするけれど、変わらずプルプルしているのが手首から伝わってくるので無事らしい。

「あ、これですかね。農作物の加工、小銀貨一枚から応相談……?」

「それやな。しばらく頼みたいから、ツキイチふた袋七分搗《づ》き小銀貨三枚でどや」

カシャ、と三本指を立てる死神さん。

どや、と言われて、私は困惑してしまった。

「えっと……月一回、二袋、ななぶ?」

「七分搗き。ちょいやわ玄米のことや」

「ちょいやわ……ナナブヅキで、小銀貨三枚をご希望ということで」

私は死神さんの希望を復唱しつつマニュアルをめくる。

応相談ということは、お互いに希望価格をすり合わせて決めるのだろう。だけど私には希望価格がない、というかわからない。

精米の相場っていくら。てかそもそも日本の精米の相場もわかっていない。

「えーっと……ちょっと待ってくださいね」

マニュアルをめくりつつ、片手でスマホ検索をする。

精米、値段。

まず精米機の値段が出てきた。そうじゃない。

あれこれググって、コイン精米機というのを見つけた。そういえば、自分で精米する人もいるとか聞いたことある。それの使い方を見てみると料金が書いてあって、大体一〇キロあたり一〇〇円で精米できるようだ。

死神さんの持ってきた袋を失礼して持たせてもらう。ずっしりくるけれど、持ち上げられる重さ。オオグマの腱《けん》ジャーキーと似たような感じだ。大雑把《おおざっぱ》に五キロとしたら、二袋でちょうど一〇キロ。それで小銀貨三枚。

小銀貨は日本円で大体一〇〇〇円。

「たっ……」

たっかくないか、迷宮の精米料金。

「あのー、このお米って、何か複雑な精米方法とかでしょうか？　すみません、今マニュアルざっと見たんですけど方法が書いてなくて」

「籾外して玄米にして、そっから表面削っていって炊きやすいやらかい米にしていくんや。米は魔力もないから特に難しいことないと思うけど、でけへんか」

「たぶん、私の世界の精米と同じですね」

家庭科でうっすら習った気がした。迷宮のお米も日本とそう変わらないようだ。

「あの……小銀貨三枚って相場くらいの価格ですか？」

「いやユイミーちゃんそれお客に聞いてどうすんねん！　足元見られんで！」

「すみません、全然わからなくて」

「大体こんなもんやと思うわ。まあちょい安めに言うてるから、値段交渉してもエエで。三月《みつき》で小銀貨一〇枚くらいなら頑張るわ」

一ヶ月あたり〇・三枚の上乗せを狙ってくるあたり、この死神さんはなかなか交渉に慣れているようだ。

「じゃあとりあえず、まず一度、小銀貨三枚でお引き受けしてもいいですか？」

「こっちはええけどユイミーちゃん、そんな控えめでええんか？　値段グイグイ吊《つ》り上《あ》げてもおっちゃん怒らんで。値切るけど」

「あ、はい、あの、精米がちゃんとうまくいくか、お互いに確かめてやったほうがいいかと思いまして。もし無理なら返金させていただくという形でもよろしいでしょうか？」

精米方法が私には難しすぎるとか、方法がよくわからないとか、色々懸念材料がある現状のままで三ヶ月分も約束するのは不安だった。サイズ的には日本のお米と同じようだし、いざとなったらコイン精米機に出せばいいんだろうけど、色がかなり異様なのでお店に迷惑にならないかちょっと心配ではある。袋から見えるのは黒い粒だ。

「まあ一回目やし、せやな。お試しでそうしよか。とりあえず今日は一袋置いてくわ。三日後までにやってくれたら飢えずに済むからありがたいんやけど」

「あの、もしそれまでにできなかったら、精米したやつを買ってきますね。私の知ってるお米は白いのなんですけど、たぶん同じような味なので」

「白い米て！　それは逆に食うてみたいわ」

ひと月二袋だけれど、死神さんはまず様子見で一袋置いていって、出来上がったのを取りにくる三日後にまた一袋持ってくると言った。全部預かって全部ダメにしてしまうよりも安心なので私もそのほうがありがたい。

骨の手から小銀貨三枚を受け取る。そのときに骨の指が私の手のひらにちょっと触れたけど、死神さんの指は硬くて少し冷たい感触がした。

「……死神さんって、この辺に同業者の方いたりしますか？」

「せやなー、ほとんど会わんけど、たまーに見かけるわ」

「あの、すみませんがお名前をお聞きしてもよろしいでしょうか。その、他の方との見分けが付くかわからないので」

頭蓋骨の違いは見分けられないので……。

とは言えずにやんわり言ったけれど、死神さんにはわかったようでゲラゲラ笑われてしまった。頭蓋骨と顎の骨が擦《こす》れてカタカタと鳴っている。袖に隠れたテピちゃんたちがぶるぶるしていた。

「そーかそーか、そりゃ血肉付いた顔見慣れてたらわからんわなあ」

「すみません」

「でも残念ながらボクの名前死神やし、他の死神も名前死神やし、区別言うたら喋り方とかそんなんで見分けてもらうしかないねんけど」

「えっ……難易度高い」

「せやろ、飲み会とかカオスやで」

死神、集まって飲み会するのか。骨の手でジョッキを持って乾杯する骸骨たちが思い浮かんだ。

農作業している光景よりは想像しやすい気がする。

「でも受け渡しで間違いがあるといけないので……えーっと、じゃあ、引換証をお渡ししますね」

「おっ、ユイミーちゃんしっかりしてんな！　今まで口約束やったし別になあなあでもええねんけど、ちゃんとやってもろたら助かるわ」

引換証といってもメモ用紙にボールペンで書いただけである。

今日の日付と、精米作業二袋中の一袋分、小銀貨三枚先払い、お渡し日と私の名前を書いておいた。ただのメモ書きみたいになったけど、迷宮《ここ》の人たちは日本語が読めない分、複製も難しいだろう。

「取りに来ていただくときに、これを持ってきてください」

「よっしゃ、ほな三日後にまた様子見に来ますわ」

「はい、お預かりしました。よろしくお願いします」

「こっちこそよろしゅう頼んますわーおおきにー」

死神さんが、ヨッコイセと壁に立てかけていた大鎌を持って帰っていく。

ドアを開けてほなまた、と手を挙げた死神さんに、私は頭を下げた。

「ありがとうございましたー」

三　すき焼きのち籾摺《もみす》り

続けて来店した魔王さん死神さんコンビが去ると、あとはノックの気配もなかった。

マンゴーの皮が乾燥してしおしおになってしまい、しょんぼりするテピちゃんたちを慰めつつベタベタになった白い体を洗い、掃除を一通り済ませ、夕食の下準備も終わらせるとヒマになる。

私はマニュアルを閉じ、スマホで精米についてググってみた。

なんでググるかというと、マニュアルには小さく「精米：精米所に行くか精米機を買って精米する」と書いてあるだけだったからである。適当すぎる。

「ん……？」

まず、お近くのコイン精米機をググってみたら、お近くにコイン精米機がないということに気が付いた。どうやっても違う市が表示される。全然お近くじゃない。全然意識していなかったけれど、この辺、精米機がないようだ。どうりで見たことないと思った。

そして、とりあえず遠いけど最寄りの精米機がある場所へ向かうための乗換ルートを検索していたら、ふと気付いたのだ。

『この精米機は玄米専用です』という文字に。

死神さんの置いていった袋を見つめる。

この米、殻付いてたよね。

袋の中に指を突っ込み、摘《つま》み出《だ》した黒い一粒。白米のツルツルでも、玄米のサラッとした感触でもなく、ゴワゴワしている。ちょっと苦労しつつ手で剝いてみると、中にはくすんだオレンジ色の米が入っていた。

「おおー」

「テピー！」

そういえば、サフィさんも迷宮《ここ》の米は普通オレンジ色だと言っていた。ちょっと彩度の低い色だけれど、精米すると鮮やかになるのだろうか。面白いけれど、カウンターに落ちた籾殻《もみがら》を取り合いしているテピちゃんたちが落ちないように手で受け止めつつ疑問に思う。

玄米専用なら、この状態だと精米機に入れられないのでは？

「えーっと……脱穀……？」

あれこれ検索して、籾殻を米から取る作業は脱穀でなく「籾摺り」ということを知った。脱穀は稲から米を外すことだったらしい。勉強になる。

説明によると籾摺りには籾摺り機という機械が必要らしい。籾摺り機のあるコイン精米所もあるようだけれど、少なくとも電車で片道三時間以上はかかる場所にあった。私が住んでいる地域では籾摺りを個人でやることはほぼないようだ。だよね。私もやったことない。

……買うべきなのか、籾摺り機。

テピテピテピテピと団子になって喧嘩《けんか》なのかじゃれ合いなのかをしているテピちゃんたちから黒い籾殻を取り上げて捨てつつ、部屋を眺める。それからキッチンへ移動して空間を眺める。

うちの近くだけでなく全国的にも個人の籾摺り機の需要は少ないらしく、検索して出てくるのは大体が業務用的なゴツいものだった。小型と書かれているものも、動画を見てみると結構大きい。スペースが心配だし、何より値段もゴツい。金貨があるので買えないことはないだろうし、死神さんがこれからもずっと精米を頼んでくれるなら導入してもいいような気がするけど、手持ちの機械を修理するまでの間だけだったらコストのほうがかかる気がする。

かといって、買わずに籾摺りをするとなったら結構大変そうだ。少なくとも半日は潰れてしまうので、お店の開店時間が遅れてしまうことになる。魔王さんは朝の時間帯に来るので、待たせてしまうことになってしまうのはちょっと心苦しい。

しかしどう見ても業務用っぽいもの、買ってホイッと操作できるものなのだろうか。ド素人にも優しい設計になっているのか不安だ。

「テピー」

「この奥の壁に置けば……でもコンロ近いしなあ」

「テピー」

「こっちの棚移動させてみイヤこの棚重っ！」

「テピー！」

テピちゃんたちの応援を受けつつ架空の籾摺り機の置き場を思案していると、お店のほうから「おーい」と声が聞こえてきた。

「はーい、あ、サフィさん！」

「どう？　問題なくやってる？」

私の後ろをてぴてぴ付いてきたテピちゃんたちは、お店のほうへ戻るとパーッと棚の下へと吸い込まれるように逃げていった。それを踏まないように気を付けつつ、カウンターの前にいるサフィさんに挨拶する。今日も相変わらずキラキラした顔をしている。マントは濃いボルドーでふちに金の刺繍《ししゅう》がしてあった。なんかきらびやかだ。

「値段変えたら、今まで買ってもらえなかった方にも買ってもらえましたよ！　魔王さんには返金を受け付けてもらえなかったので、しばらくサービスで品物をあげるということで頷いてもらえました」

「おー、順調にやってるみたいだねー。じゃあとりあえず、今日もなんか食事作ってくれる？　今日はちゃんとお金払うし、ユイミーちゃんとこの料理でいいから」

魔道士であるサフィさんは、今日も魔術を色々使ったのでお腹がペコペコらしい。作るのも面倒なので食べにきたそうだ。魔術、使うとお腹減るらしい。空腹状態で使うとどうなるんだろう。

そういえば、いつのまにか私もお腹が減っている。スマホを見るとそろそろ一九時近くになっていたので、精米所どこにあるのか問題と籾摺り機ってなんだ検索に随分時間をかけてしまったようだ。私の夕食もついでに作ってしまうことにした。

「今日来てもらえてちょうどよかったです」

「え？　なんかあるの？」

「お鍋しようと思ってたので。冷凍しておいたお肉と野菜と豆腐を、醤油《しょうゆ》とかの調味料で煮込んで、生卵に付けて食べるんです」

「なんかわからないけど美味しそう。それってニンニク入れる？」

「ニンニクは入れません」

ニンニクは苦手というよりむしろ好きなタイプのヴァンパイアであるサフィさんは、今日もニンニクありだと期待していたらしい。ニンニクなし料理だと知ってそっかーとちょっとしょんぼりしていたものの、楽しみだと言ってくれた。

調べたところ、塊肉を薄切りにするのは、半解凍状態がやりやすくていいとあった。なのでしっかり一晩冷凍し、そして冷蔵庫に移してゆっくり解凍したのである。空いている時間に薄切りしたお肉は、我ながらいい感じにそれっぽくなっていた。

「今日はすき焼きです」

私の気合が入った声に、棚の下段から「テピー」と小さく合いの手が入った。

まずはカウンターを片付けて布巾でしっかり拭く。それから私の部屋から持ってきた卓上コンロと鍋をセットした。サフィさんはまた自前の椅子を取り出して座りつつ、私の動きを興味深げに見ている。

「ここで料理するの？」

「はい」

「へえ。これに鍋を置くんだ」

サフィさんがコンロに興味津々になっているうちに、食材の準備だ。

白菜、椎茸《しいたけ》、ネギ、玉ねぎ、春菊、人参《にんじん》などの野菜を適当に切っていく。白菜は旬が終わりかけでサイズが小さかったけれど、二人でやるには十分な量だ。白滝と豆腐も準備して、お皿に盛ってカウンターへ運ぶ。生卵も忘れてはいけない。冷蔵庫から薄切りのお肉をうやうやしく取り出せば大体準備完了だ。

「すみません、ごはんはまた冷凍したのなんですけど」

「いいよー。材料色々あるね。これ焼くの？」

「煮ます。すき焼きなので」

「すき『焼き』なのに煮るの？」

「……煮ます」

そういえば煮る料理なのになんで「焼き」なんだろう。サフィさんの質問に気を取られつつも私はごはんと取り皿と生卵とお箸を渡した。

生卵に付けて食べるのだと説明するとサフィさんは訝《いぶか》しげな顔をしていたけれど、特に気にすることなく私の説明通りに卵を割って待機している。生卵に特に抵抗感はないようだ。

「ではこれよりすき焼きを始めます……」

「なんか厳粛だね。宗教的な料理？」

牛肉のお高いところを使うすき焼きは一人暮らしでは手の届かない料理なので厳粛な気分になるだけで、宗教は関係ない。ということを説明したら、ちょっと可哀想《かわいそう》なものを見る目で見られた。

スーパーで貰《もら》った牛脂をステンレスの鍋に転がし、菜箸でつつきながら溶けるのを待つ。

「見てください！　すき焼きの名店『根来庵』が出してる『すき焼き割下　極上』です！」

「おお、よくわかんないけど高そう」

「高級なすき焼き屋さんの調味料ですよ」

「へー」

サフィさんの反応はイマイチだけれど、この割下、自分では絶対買わない値段をしている。まあ普段すき焼きすること自体ないから買う選択肢すらないんだけども。いつもお肉コーナーに燦然《さんぜん》と置かれている瓶入りのこれを見て「いつか食べたいなあ」と思っていたのだ。思い切って買ったものの、まかないとして経費にしてもらうのはちょっと罪悪感があったのでサフィさんが来てくれてよかった。

テロテロに溶けたら菜箸でお肉を二枚入れて、極上と書かれた割下を入れる。じわわーと縁が小さく泡立つ割下にお肉をささっと絡めて、色が変わるや否《いな》や菜箸で取った。

「ハイ、サフィさん！　入れますよ！　食べて！」

「う、うん。なんかユイミーちゃん今日勢いがすご」

「早く食べて！」

すき焼きは最初のお肉が至上なの、とお母さんにしっかりと教え込まれた私は忠実にその教えを守って、最初に出来上がったお肉を軽く卵に絡めて口に入れた。

熱々のお肉に絡んだタレと溶き卵。噛《か》むほどに柔らかくサシの旨味が出てきて、甘辛《あまから》い味と共にえもいわれぬ楽園を口の中に作っていく。牛肉ならではの美味しさと、タレの少し濃い味と、卵のこっくりした美味しさが口の中で踊っていた。

「くぅ……」

「美味《うま》い！　前のニンニク入りのやつも美味かったけど、この甘めの調味料もいいねー！」

このバイト始めてよかったなあ、と幸せを噛みしめつつ、野菜を入れて水分を出していく。

どんどん食べられるくらいにはお肉を切り分けてあるけれど、旨味《うまみ》が強すぎてじっくり味わいたい気持ちにもなる。ご飯と一緒に食べても美味しいし、野菜を食べてからのお肉もまた美味しいし、味が染みた白滝も幸せだ。

「煮込んだわけじゃないのに、味がしっかり付いて美味いなー。この香りのついた葉もいい。お肉もっと入れていい？」

「どうぞどうぞ。春菊も足しますね」

それぞれ菜箸でお肉や野菜をお鍋に投入しては、出来上がったものを回収して食べる。しばらくお互いにモリモリ食べることに集中して、それからふと気付いた。

ほぼ初対面のサフィさんとすき焼き鍋をつついてしまった。

ヴァンパイアという種族性なのかサフィさんの人柄なのか、それとも牛肉をくれたことによる好感度上昇なのか、同じ鍋を食べることに抵抗感がなかった。

冷静に考えると、迷宮で、ヴァンパイアの人とすき焼きをしているってかなり異様かもしれない。お肉も迷宮産だし。

我ながらバイト先への馴染《なじ》み方が半端ない気がした。でも美味しいからしょうがない。一人で鍋ものをすると、材料が余るので二日連続になりがちだし、そういう意味でもサフィさんがいてくれてよかった。

「ユイミーちゃん、ごはんおかわりある？」

「ありますよ。あっためてきますね」

「このオレンジのやつ野菜？　花の形してて変わってるねー」

「私が切りました」

「そうなの？　すごいねー！　やっぱ女の子は凝ってるなー！」

サフィさんがお箸でつまんで見ているのは、私がなんちゃって飾り切りをした人参だ。ねじり梅じゃなくて簡単に輪郭を削って薄切りしただけなので、そんなに褒められると逆にいたたまれない。

ちなみに余った人参のはしっこは、細かく刻んで隠れているテピちゃんたちにあげた。喜んでいるらしく、テピテピーと声が聞こえている。

「はー今日も美味かった！」

「お粗末様でしたー」

存分にすき焼きを堪能したあと、片付け終わったテーブルに肘をついてサフィさんが満足そうに笑った。

料理のお代は小銀貨五枚。五〇〇〇円と考えると結構高いけれど、サフィさんによるとこの辺りではそれくらいが相場だそうだ。ありがたく頂戴しつつ、食後のお茶を出した。テピちゃんたちはまだ食事中らしく、カーテンの向こうでテピテピしている。

「で、なんだっけ、米に皮が付いてて困ってるとか？」

「籾殻です。まあ精米にも困ってるんですけど」

「どれどれ、うわほんとだ。米の殻って黒いんだねー」

籾殻付きのお米に馴染みのないサフィさんに親近感を覚えつつ、籾摺り機に心当たりがないか相談してみる。私はなぜか謎のボヨンボヨンに阻まれてこの部屋の外には出られないけれど、もし迷宮内でそれっぽい施設があるなら、死神さんをそこに案内したり、サフィさんなどにお仕事としてお願いして籾摺りしてもらうことができるのではないかと思ったのだ。

ついでに精米機もないか訊《き》いてみたけれどサフィさんはうーんと首を傾《かし》げた。

「農家じゃないし、そういう機械はよくわかんないなあ。見たことない」

「そうですかー……」

「ちょっとちょっとユイミーちゃん、そこ諦めるとこじゃないでしょ」

サフィさんがパタパタ手を振ったので、私は顔を上げた。サフィさんが自らを指差してニッコリ笑う。キラキラ具合が五割増になっている。ＬＥＤ並みに眩《まぶ》しい。

「俺、魔道士なんだけど？　俺に頼めばよくない？」

「え……籾摺りを？　精米を？」

「モミスリでもセーマイでもスイハンでも、依頼があればできるよ」

「え⁉　できるの⁉」

「できるできる」

魔道士って何する人なんだろう、と思ったけれど、この際関係ない。

私の籾摺りどうするか問題に希望の光が差したのだった。

「自分で言うのもなんだけどそこそこ強い魔道士だから、大体のことはできるよ」

「頼もしい……！」

籾摺りも精米も「大体のこと」に含まれているらしい。魔術すごい。魔道士すごい。

「で、この殻取ればいいの？」

「はい。あの、できたら精米もしてほしいんですけど、……七分搗きで……」

「七分搗きって何？」

「たぶん、削り具合のことかと。ちょいやわ玄米って言ってました」

「玄米って食べたことないからよくわかんないなー」

死神さんはぬかを全て取り除いた白米（このお米の場合はオレンジ色だからオレンジ米？）ではなく、少し付いた状態がお望みだった。

お米は精米の度合いによって、三分搗きとか七分搗きとか区別して呼ぶらしい。というのはググってわかったけれど、七分搗き、というのがどんな感じなのかサフィさんはもちろん私もよくわかっていなかった。

「サフィさん、明日も来てもらえますか？　私、見本になりそうな七分搗きのお米探して買ってきます」

「……いいけど、買えるなら加工するより買ってきたやつ売ったほうが早くない？」

「アッ確かに！」

正論に思わず頷いてしまったら、サフィさんがぷっと吹き出した。

「まあ、俺としては仕事頼んでくれたらありがたいしいいけど」

「白米売るのは最終手段ということで……あの、お金なんですけど、一月にこの袋二つ分で小銀貨三枚なんですがそれでよろしいですか？」

「いいよ……いやちょっと待って。依頼されて貰った分はいくら？」

「え？　小銀貨三枚ですけど」

聞こえてなかったのかな、と繰り返すと、カウンター越しにガシッと肩を掴まれた。キラキラ顔が深刻な顔になっている。

「ユイミーちゃん、手数料、取ろうね」

「手数料……でも、実質ほぼサフィさんにやってもらうので、サフィさんの取り分が減るのはよくないのでは」

「お店の利益がなくなっちゃうでしょ！」

そうだ、バイトだから利益を出さなくては。

今までに貰ったチップが多額すぎるので「利益少ないならそこから補填《ほてん》したい」と一瞬思ったけれど、それはそれでたぶん色々とグレーになりそうな気もする。

「小銀貨三枚なら俺の取り分二枚でどう？」

「でも作業量的に、私は請けただけですし……小銀貨より小さいお金ってないんですか？」

「あるけど、俺は持ってないな。この辺で使わないし」

「前から思ってたんですけど、このお店の周辺ってお金持ちが多いエリアなんですか？」

「金持ちというか、まあ、迷宮でも奥まったところだからねー」

小銀貨の下にも銅貨や石貨というのがあるらしいけれどサフィさんに持ち合わせはなく、そしてお店のレジにも入っていない。なので一割二割だけ貰うということも現状難しいようだ。

うーん、と二人で考え込む。

「じゃあ、ちょっと手伝ってもらうか。つってもユイミーちゃんだとちょっと大変かもしれないし……えーっと、この前いた小さいのいるよね？」

「テピちゃんたちですか？　いますよ、そこに」

注目されていることを感じたのか、しんと静まり返っているカーテンのほうを指すと、うんと頷いた。

「そこのやつちょっと出てきてー」

そう言いながらサフィさんが指をパチリと鳴らすと、テピーッと声を上げながら白い集団がカーテンから出てきた。というか、ふわふわと浮き上がったかと思うと、カウンターの上に落ちていく。ぽてぽてと天板で少し跳ねたテピちゃんたちは、テピーとパニックになりつつ固まってプルプル震えている。

「え、今のも魔術？」

「そうそう。あんまり大きい相手には使えないけどね。うん、けっこういるな」

よしよしと頷いたサフィさんが、プルプル固まっている集団の上に右手を掲げる。するとキラキラした光の粉みたいなのが出てきて、それが魔術陣っぽい形になった。

円形のそれがゆっくりと下降して、テーピー！　と怯《おび》えている集団に降りかかる。

「あの、何しようとしてるんですか？　テピちゃんたち大丈夫ですか？」

「へーキへーキ。ほら、何も変わってないでしょ」

ぎゅっと身を寄せ合ってぶるぶるしている集団は、しばらくしてからソロソロと顔を上げた。周囲を見渡して、サフィさんを見てはビクーッと怯えて私のほうへとてぴてぴ逃げようとしている。

「動作の魔術を掛けたから、殻剝きできるよー」

「殻剝き、テピちゃんたちが？」

「そうそう。ほら」

お米の入った袋からサフィさんが黒いお米をひと掬《すく》い取り出して、カウンターの上にパラパラと落とす。それからその動作を固まって見ていたテピちゃんたちにサフィさんは「剝いてみな」と声を掛けた。

テピちゃんたちはビクビクとサフィさんを見ていたけれど、やがてお米を囲うようにそろそろと、いやてぴてぴと動き出し、黒いそれと私とを交互に見ている。

「テピちゃんたち、できる？」

「……テピ！」

小さい片手を挙げて返事をした一匹のテピちゃんが、そっと黒いお米を一粒取った。

その瞬間、ペッと音がして黒い殻が剝《は》がれ、暗めのオレンジ色をした米が落ちる。左右の手には半分に割れた黒い殻が残っていた。

「テピー⁉」

「速ッ！」

「ね、できたでしょ」

コンマ数秒的な早業だった。

殻を剝いたテピちゃん自身もビックリしているあたり、さっきの魔術の効果が出ているらしい。テピちゃんの手は黒い殻を捨て、次の米を取ったかと思うとペッと剝いている。次々動く様子は機敏すぎて、何かに操られているようでもあった。

「これで作業の一部はユイミーちゃんのお店でやることになるから、小銀貨一枚分はそっちの取り分ってことでいいよね」

「いい……んでしょうか？」

「いいんですよ。じゃ、一晩あったら剝き終わるだろうし、精米についてはまた明日やりに来るねー」

小銀貨二枚を受け取ると、サフィさんは「すき焼きごちそうさまー」と言いながら明るく手を振って去っていってしまった。

テピちゃんたちは身に付いた謎の手際の良さにアワアワしている。

作業というか、ほぼ魔術だし、魔術掛けたのサフィさんだし、いいのかこれで。というかテピちゃんたちはうちの従業員扱いでいいのだろうか。

「えっと……籾摺りの手伝い、やってくれる？」

問い掛けてみると、アワアワしていた集団がぴたっと止まる。それからお互いに顔を見合わせながらテピテピと小さく何か言い合ったあと、私を見上げた。

目がキラキラしている。

びしっと小さな手を挙げて、全員がテピー‼　と威勢の良い返事をくれた。

「ありがとう。よろしくね」

「テピー！」

「ちょっと大変かもしれないけど、頑張ってね」

「テピーッ！」

「明日おやつも買ってくるからね」

「テピーッ‼」

先程までの怯えとパニックは何だったのかというくらい意欲的になったテピちゃんたちは、我先にと袋の中の米を取り出そうとし始める。このままではカウンターの上に散らかること必至。私は慌てて玄米入れと籾殻入れを用意しにキッチンへと走ることになったのだった。

カウンターのフチにテピちゃんたちが並び、各々持ったお米の殻をペッと剝がす。落ちたオレンジ色の玄米は、イスの上に置いたシリコン製の洗《あら》い桶《おけ》へパラパラと落ち、テピちゃんたちの手に残った殻はゆるーく吹く風によってカウンターの向こう側へとパラパラ落ちた。手ぶらになったテピちゃんたちはてぴてぴと小走りで黒い小山へと走っていき、代わりに他のテピちゃんたちがお米を持ってやってきてペッと殻を外す。

「よし。とりあえず今日はこのくらいでいいかな」

「テピ」

ゆるーく吹く風を作り出していたのは私である。最初は袋二つを並べて玄米用、殻用としようと思ったけれど、籾殻がふわっと落ちるので玄米と混じりがちになるためこの形に落ち着いた。うちわで送り込む風が強いとテピちゃんたち自体がコロコロ転がるので、なかなかコツがいる作業である。かなり離れた場所からゆっくり大振りに手を動かすのがベスト。

二時間くらい作業しただろうか。袋に入っているお米は三分の二くらいに減っていた。

「テピちゃんたち疲れてない？　大丈夫？」

「テピー」

「今日はゆっくり休んで、また明日頑張ってもらえる？」

「テピ！」

ふいーと小さい手を動かしているテピちゃんたちを労《ねぎら》いつつ、カウンターの向こう側に落ちた黒い殻を掃き集める。たぶん捨てるんだろうけど、一応ビニール袋に入れて保管しておくことにした。片手で数えるほどしかお客さんの来ないお店である。こんなに夜遅くまで作業したことがない、というか今まで作業らしい作業をしていなかったテピちゃんたちは、いきなりの籾摺り作業に疲れたようだ。クテクテと眠そうに歩いている。

夕食の余りの人参を刻んであげると、テピ〜と嬉しそうに受け取っていた。

「テピちゃんたち、私は部屋戻るけど帰るのつらかったらここで寝てもいいよ。棚のとこで」

お盆に乗せながら私がそう言うと、人参の欠片《かけら》を持ったままテピちゃんたちがじっと私を見て、それからカーテンのかかった棚のほうを覗き、そしてまた私を見る。

「テピー！」

「ここで寝る？　そのまま運んじゃっていいかな。水とかいる？」

「テーピ」

お盆に乗って床へと移動したテピちゃんたちは、てぴてぴと私に手を振りながらカーテンの向こうへと歩いていく。お店にいる間は特に水分を欲しがっている感じはしないけれど、一応浅いお皿に水を入れてカーテンの近くへ置いておいた。

……フンとかするのだろうか。

ちょっと悩んでから、業務日誌もどきを書いている大学ノートのページを一枚破って棚の手前に敷いておいた。意思疎通が難しいだけに、生態が謎だ。

「じゃあまた明日よろしくねー。おやつ買ってくるねー」

「テピー！」

「おやすみー。テピー」

「テピー‼」

一回だけコールアンドレスポンスしてから、私は自分の部屋へと帰った。

死神さんが来たときにはどうなるのかと思ったけど、気さくな人（人じゃないけど）でよかった。精米もサフィさんとテピちゃんたちのおかげで何とかなりそうだし。今日の業務のうち、まだ書いていなかったサフィさんの食事と籾摺りについてノートに軽く書き込んでから軽く肩を回す。

色んなことがフレキシブルすぎて今までやっていたバイトとは全く違うけれど、私には迷宮のバイトのほうが合っている気がする。びっくりすることは多いけれど、普通に生きてたら体験できないようなことを体験できるのは貴重だ。時給も高いし。やっぱりお金はモチベーションになるなと思いながら、私はシャワーを浴びるために服を豪快に脱いだ。黒い籾殻がパラパラ落ちた。

四　変身と精米

ぐっすり眠ってスッキリ起きた。

早めに身支度をして買い物に出かける。魔王さんが気に入っていたマンゴーと、ものすごく大きなイチゴがあったのでそれも買う。イチゴも切って出したほうがいいだろうかと悩みつつプラプラ歩き、いい感じにかわいいものを見つけたのでそれも買った。

「おはよーテピちゃんたちウワアアアア!!」

爽やか元気な気分でドアを開けると、カウンターの上は死屍《しし》累々だった。

黒い籾殻が崩れた山のように盛られ、周囲にテピちゃんたちが倒れている。かろうじて動いていた一匹が「テ……テピ……」とプルプル鳴いたかと思うとパタリと倒れる。

「えっ、全部籾殻とったの？ ていうかテピちゃんめっちゃオレンジ色!!」

真っ白なはずの体が濃いオレンジ色に染まっている。山盛りの黒い殻の代わりに袋の中は空になっていて、そしてシリコン桶の中には玄米がどっさり入っていた。

「もしかして、私が来る前に終わらせようと思ってやってくれたの？ 大丈夫？ ていうかなんでオレンジ……玄米のせい？」

なんか小人が仕事してくれる話、昔読んだことある。

その小人は朝になると姿を消していたけれど、うちのテピちゃんたちは力尽きたようだ。手に乗せてみると力なく「テピー」と鳴くので、死にかけてはいないらしい。

「ありがとうテピちゃんたち。おやつ買ってきたけど、食べられる？」

紙袋の中に入っていたそれを取り出すと、倒れ込んでいたテピちゃんたちがぴくぴく動いた。包装を切って中身を手の上に出すとフラフラと近付いてくる。

「金平糖《こんぺいとう》だよ」

お高い果物屋の近くに和菓子のお店があった。ショーケースの上に小さく並べられていたのは、色とりどりの金平糖が入った袋。普通のものよりも小粒だったので、テピちゃんたちに合うサイズだなと思って買ってきたのだ。

「米粒よりは大きいけど、持てる？　砕いたほうがいいかな」

近付いてきたテピちゃんにはい、とピンクの金平糖を摘んで差し出すと、初めて見るらしい星形のお菓子に、丸い目がホワァ……と潤んでキラキラウルウルした。

かわいい。

どうぞと言うと、キラウル目が私を見上げてくる。

「テピッ！」

小さい両手で私の指にキュッと抱きついてからテピちゃんが金平糖を受け取った。大事そうに両手で抱きしめている姿がとてもかわいい。色がオレンジなのでよりメルヘンだ。

「テピー！」

「はい」

「テーピー！」

次のテピちゃんも、ぎゅっと私の指に抱きついてから金平糖を受け取る。数がそこそこ多いのでお皿に並べて取ってもらおうと思ったら、ウルウルした目でじっと並ばれた。手渡し希望らしい。

「ありがとねー」

「テピ！」

「はい、黄色あげるね」

「テピーッ！」

キラキラした目でじっと金平糖を見つめたり、明かりのほうに翳《かざ》したり、齧《かじ》った金平糖を持って走り回ったり。色の違う金平糖をお互いにじーっと見つめ合ったり。

私が持ってきた差し入れは、テピちゃんたちに大変喜んでもらえたようだ。積み上がった籾殻を私が片付け終わる頃には、美味しい朝ごはんですっかり回復したテピちゃんたちが元気いっぱいに走り回っていた。

……オレンジ色の体は元に戻らなかった。なんでだ。人参のせいかな。

「どうぞ」

黒い手に摘まれたフォークが、大まかに切ったイチゴにさくっと刺さる。それを口に入れた草食動物っぽい頭蓋骨がもぐもぐと揺れる。またフォークがイチゴに伸びる。さらにマンゴーもいくつかもぐもぐ。

「……美味しいですか？」

『妙《たえ》なる美味』

低くとどろく声音が、心なしか嬉しそうに聞こえる。

上級南国果実Bを買いに来た魔王さんは、イチゴの魅力にもノックアウトされたようだ。大きくて真っ赤に熟れたイチゴをもぐもぐもぐもぐと黒いモヤを纏《まと》う口の中に入れ続けている。

「もうちょっと暖かくなったら色んな果物が旬になるので、そしたら他にも色々持ってきますね」

『……新たなる訪問者よ。この』

爪の長い黒い手が、この、と皮だけになったマンゴーを指差している。

『甘き果実を、契約ののちに我が手に収めることを望む』

「マンゴーですか？　また買ってきますけど」

『否。契約の書に記し、対価を受けよ』

お金払って食べたいらしい。

「他にも果物はあるので、色々試してからでも」

『我が望みはこの果実……異なる果実は異なる契約となる』

「マンゴーお気に入りなんですね」

コク……と魔王さんが頷いた。

他の果物はまた今度考えるからとりあえずマンゴー買う、ということだろうか。相変わらず言葉がちょっとまわりくどい魔王さんである。

まあマンゴーは美味しいし、カウンターで立ち食いよりも家でゆっくり味わいたいのかもしれない。

「じゃあ、まじょばちゃんにお願いしておきますね」

『我が願い、汝に託さん』

「はい」

上級南国果実Bと切っていないマンゴーとイチゴを載せたカゴを、魔王さんがしっかり掴んだ。

ちなみに魔王さん、昨日あげたカゴをちゃんと持ってきた上に、中に敷いてあった手拭いをきちんと折り畳んで入れてあった。なんか花っぽい香りがしたので洗濯もしてきたのかもしれない。律儀なひと(?)である。

「ありがとうございましたー」

ぱたんとドアが優しく閉まった音に、お辞儀をしていた体を起こす。同時にわらわらと、いやてぴてぴと小さいオレンジ集団が出てきた。

「テピーッ！」

「うんうん」

「テピテピーッ」

「元気だねー」

テピちゃんたちのテンションが高い。

金平糖がよっぽど嬉しかったのか、私の周りで絶え間なくうろちょろしては小さな体と小さな手できゅっと抱きついてくるのである。足元にいると危なくて仕方ないので、お盆に集合してもらってカウンターへと上げた。てぴてぴてぴーと足のない底面で動き回り、キラキラと私を見上げ、売り上げをノートに書き込んでいる私の指にそっと抱きつくテピちゃんたち。わりとある光景だけれど、いつもよりもなんだか元気だ。体がオレンジ色だからテンションがおかしい、ということはないだろうか。若干不安になる。

「テピちゃんたち、人参食べたから染まったの？　玄米のせい？」

「テピー」

「擦っても色落ちないもんね……」

一匹を手のひらに捕まえて、親指でむにむにと擦ってみても色は変わらない。テピーと気持ちよさそうに脱力してちょっとむにゅっと潰れた形になったくらいで、撫《な》でても痛そうな部分や変わった様子のところはなかった。

「そういえばテピちゃんってまとめて呼んでるけど、見分け方とか特徴とかある？」

尋ねてみると、テピちゃんたちがお互いに顔を見合わせる。それからテピテピテーピテピと口々に何か言い始めたけれど、もちろん意味は伝わってこなかった。ちっちゃなおててでジェスチャーありでも伝わらなかった。

「えーっと、いつも扉開けるときドアノブから落ちてるのは、同じテピちゃん？」

「テピー！」

「いやわからん……今までドアノブから落ちかけて私にキャッチされたことあるひとー？」

「テピーッ‼」

オレンジ色のテピちゃんたちが、競って小さな手を挙げる。先生に当てられたい児童のような勢いでハイハイハイとアピールしてくれるのはありがたい。ありがたいけど。

「いや、全員はおかしいでしょ。バイト始めて……えーっと、一〇日経《た》つかどうかくらいでしょ」

「テピー！」

「じゃあ、ドアノブにぶら下がったことないひとー」

「テピー‼」

「どっちにも挙手すんのかい」

新たな質問にも全員がテピテピーと手を挙げる集団。

テピちゃんたち、言葉が通じているようで通じていないような感じだ。こんな頼りない集団で、果たしてどうやって生き抜いているのだろう、迷宮《ここ》で。いやこの外に何があるのか知らないけど。

「まぁ、いいか。テピちゃんたちはテピちゃんたちということで」

「テピ！」

「暇だし、掃除ついでに体でも洗う？」

「テピー！」

水浴びが好きらしいテピちゃんたちは、私の言葉で喜んでお盆の上へと集合した。

……やっぱり言葉は通じてそうなんだけどなあ。


「ユイミーちゃーん、ごはんまだー？」

三度目にしてもはや我が物顔で夕食を求めてサフィさんが来る頃には、テピちゃんたちのオレンジ色がじわじわと薄くなっていた。というか、薄いカラフルな体に変化していた。金平糖の色合いに似ているので、やっぱり食べ物の色素が影響していたようだ。

「いらっしゃいませー」

「ノッてくれない……」

「今日は手抜きごはんですよ。お店にあるものを調理しましょうか？」

「手抜きってどんなの？」

「鶏肉《とりにく》と玉ねぎをお出汁《だし》で煮込んで、溶き卵でとじたものです」

牛肉がありがたすぎたせいで牛肉を食べまくっていたら、さすがに飽きてきた。魚は処理が面倒なので、簡単だし今日は親子丼で済ませてしまうことにしたのだ。

「じゃあそれー」

「自分で言うのもなんですけど、かなり手抜きですよ。ごはんも冷凍だし」

「いいよいいよー」

「お店にあるやつのほうが安いですし豪華そうですけど、いいんですか」

「いいよー」

「ニンニク入ってないですよ」

「……いいよ」

サフィさんがちょっとしょんぼりした顔をしたので、前に頼まれていた調味料をあげた。焼肉のタレとポン酢、そしてニンニクだれというものがあったのでそれも渡すと笑顔でお礼を言われる。キラキラしい。

小鍋に入れたお出汁に切った玉ねぎを放り込んで煮込みつつ、鶏肉を一口大に切る。ご飯をレンジに入れつつ小鍋に鶏肉を入れて少し煮込み、半分をお皿に取ってから一人分ずつ卵でとじる。小鍋で作るので卵の半熟感は少ないし、見栄えもあんまりよくない。異世界の料理が珍しいからといってこれでいいのかと思いつつも、私は飾りに冷凍の小ネギを散らした。もちろん三つ葉なんてないのである。

「今日は早いねー！」

「手抜きなので」

「個人的に手抜きっていうのは、その辺に落ちてるホ……木材とかで焚《た》き火《び》して丸焼きすることだよ。ユイミーちゃんのごはんは十分手が込んでるよ！」

その辺に落ちてる「ホ……」ってなんだろう。若干気になる点はあったものの、調理している時点で手抜きじゃないと力説してもらって少し自信が出た。ホ……が気になるけど。

棚に隠れているテピちゃんたちにご飯をあげてから、サフィさんと向かい合って親子丼を食べる。

「いただきまーす」

「うまーい。甘いのがいいね！　ユイミーちゃん甘い味付け上手だねー」

ほぼほぼ調味料のおかげだけれど、サフィさんが喜んでくれているのでまあいいだろう。サフィさんは笑顔でうまいうまいと言いながらレンゲで掬ったごはんを頬張っている。美味しそうに食べるなあ。

「サフィさんってヴァンパイアですけど、こういう普通の食事だけでも生きていけるんですか？」

「いやー、料理したものは美味しいし食い繋げるけど、血ナシはさすがにつらいかもね。ヴァンパイアだし」

「じゃあ、その、適宜、人の血なども吸いつつ……？」

「てか人じゃなくてもいいからね。こないだ牛の血吸ったから、次飲むのは来月かなー」

牛肉の血抜き、吸血的な感じでやったらしい。

サフィさんがキラキラしながら牛の首筋に噛み付いているところを想像する。

「なんか変な想像してそうだから言うけど、ちゃんとコップで受けて飲んでるからね」

「えっそうなんですか」

「そうだよ。口付けて飲むとか行儀悪いでしょ」

「行儀悪いんだ……」

「衛生的にも気になるし」

「衛生面も気を付けるんだ……」

牛の首筋をシュシュッと消毒してからナイフで切り、コップで血を飲むサフィさん。うーん。気にするとこは行儀の問題じゃないような。

「吸血はそのものが目的じゃなくて生き物の生気を奪うための手段だからねー。飲まないと生気が補給できなくて死んじゃうの」

「へ〜」

「血も体動かすカロリーにも使えるけど、それはこういう料理で賄ったほうが効率いいから普通の食事してることのほうが多いんじゃないかな。生気は料理と違って結構食《く》い溜《だ》めできるから、俺はまとめて一気に摂《と》ってる分回数も少ないし」

「へえ〜」

当然ながら今までヴァンパイアの知り合いはいなかったので、なんか勉強になる。私がほうほうと聞いているので、サフィさんは色々教えてくれた。同じ動物の血にも美味しいとかまずいとかがあって、弱っていると生気が薄いのでまずいそうだ。

「飲むと持病とか大体わかるよ。ユイミーちゃんも診てあげようか？」

「いらないです」

「痛くしないのにー」

ちぇっと残念がられた。

さすがに体の調子については大学の健康診断に一任しておきたい。血をあげてこのキラキラヴァンパイアに「ちょっと尿酸値高いねー」とか言われるのもなんかイヤだし。

それから私は、生気のない血液あるあるというヴァンパイア特有の話を聞きながら親子丼を食べ終わり、食後にお茶を淹《い》れつつサフィさんに玄米を見せた。テピちゃんたちがかなり頑張って籾摺りしてくれたオレンジの玄米と、私がスーパーで買ってきた玄米を並べる。

「これ、色んな精米具合で二合ずつ入っているセットになってたので見本に買ってきました。これが七部搗きなんですけど、これでわかりますか？」

「なるほどー。うんうん、たぶん大丈夫」

私が最寄りのスーパーで見かけた「はじめて玄米食べ比べセット」には、三分搗き、五分搗き、七分搗きの玄米が少しずつ入っていた。それと家にある普通の白米を並べると、それぞれ色合いが違ってわかりやすい。

サフィさんはしばらくそれぞれのお米を手の上に載せて眺めたり摘んで指で揉《も》んだりしてから、うん、と頷いた。

「じゃあまたあの白いのに手伝ってもらう？」

「あ、イエ、なんか大変そうだったので、できたらサフィさんの手でお願いします」

「わかった。この袋に入れたらいいかな？」

「はい。広げて持っときますね」

最初にお米が入っていた袋を口を開くように持っていると、サフィさんがその上に手を翳す。昨日見たような魔術陣が光りながら浮かんだ。二重になった円が、外側は時計回り、内側は反時計回りにゆっくり動いている。

「入れるよー」

玄米の入ったシリコンの桶を持ったサフィさんが、袋のほうへ傾けると、玄米が魔術陣を通って袋の中にパラパラと落ちてきた。眺めていると、空中にある魔術陣の上に濃い茶色の粉のようなものが少しずつ降り積もっていく。そこを境目にして、袋の中に落ちていくお米は桶の中のものよりも少し明るいオレンジになっていた。

「おおー、すごい！　一瞬で精米されてる！」

「でしょー。もっと褒めて」

「魔術すごい！　サフィさん天才！」

「素直に褒めてくれてありがとうユイミーちゃん」

最初はパラパラとだったけれど、サフィさんが少しずつ桶を傾けてざざーっと落とすと、あっというまにお米は袋の中に収まった。最後にサフィさんが空になった桶で魔術陣を掬うようにすると、光っている陣が消えて米糠《こめぬか》が桶の中に落ちる。お米の香りがした。

作業時間トータル五分ほどだろうか。もっと短いかもしれない。

「はい、出来上がり」

「おおー！　ありがとうございます！」

めちゃくちゃあっさり精米できてしまった。

魔術、すごい。

そして、サフィさんの魔術だけでやったら、籾摺りも一瞬で終わっていたのでは……とちょっと思った。いや、テピちゃんたちの頑張りも必要だったんだよね。たぶん。きっと。

五　玄米とラスボス

精米されたお米は、籾殻から取り出しただけの玄米よりもやや明るいオレンジ色。サフィさんが一粒だけ見本でやってくれた、地球のお米で言うと白米状態のお米は、ミカンの皮のような明るいオレンジ色だった。

「味はこっちとあまり変わらないんですよね？」

「大体は。白い米のほうが甘味が強く出る感じだけど」

こんな異世界の迷宮でも日本と同じようにお米を食べる人がいるのは不思議だ。というか、迷宮で稲作自体が不思議だけど。ここ地下っぽいのに。

オレンジ色のお米、ちょっと食べてみたい。

「二日後に死神さんがもう一袋持ってきてくれるので、また精米お願いします」

「はーい。魔術は解けてないから、あの白いのたちに殻付いた米見せたら殻は取れるからね」

「ありがとうございます。えーっと、テピちゃんたちが急いで作業して疲れても可哀想なんで、サフィさんの精米は四日後くらいにお願いしてもいいですか？」

「死ぬような魔術じゃないから一〇袋くらい一気にやっても支障はないと思うけど、ユイミーちゃんは優しいなあ」

サフィさんはそう言っていたけれど、実際一袋で死屍累々になっていたので、そんな大量作業は無理なんじゃないかとちょっと思った。今頃カーテンの向こうでプルプルしてそう。

「まあこれくらいの魔術は正直手間ってほどでもないから、言ってくれたらいつでもやるよー」

「私からするとすごい魔術ですけど、負担にならない作業でよかったです」

「手間賃も貰いすぎかなって思うレベルの簡単さだからねえ」

「そうなんですか?」

精米の魔術は、労力的には銅貨で払っても不自然ではないくらいの簡単なレベルなのだそうだ。

ここの精米価格は迷宮としてもちょっとお高めらしい。

「加工なので相場価格では小銀貨で払うようになってたんですけど、値下げ考えたほうがいいんでしょうか。あんまり高く取りすぎるのも……」

「お互い同意してるんなら問題ないよ。というか、このエリアでは銅貨なんか持ってる人いないから値下げすると逆に大変だし」

「あ、サフィさんも持ってないって言ってましたよね」

このお店に置いてあるお金は、金貨と銀貨と小銀貨。

バイトでは金貨と小銀貨でしか取引していなかったのでよく知らなかったけれど、サフィさんが昨日教えてくれたところによると小銀貨よりも細かいお金があるんだった。

「もっと浅い階層だと銅貨がメインだったりするけど、深くなるにつれて仕事の難易度も上がるし戦闘も激しい。その分得られる報酬も上がるから、銅貨とか石貨で持ってるとサイフが大変なことになるわけ。だからもうこの辺りまで来るとそもそも持ってないいんだよねー」

「そうなんですか。じゃあこの辺りにいる人はやっぱり強いんですね」

「まあねー」

魔王さんとか死神さんとかは、ビジュアルからして強そうな感じがしていたけれど、サフィさんもすごい魔道士なようだ。

……テピちゃんたちやポヌポヌ犬さんも強いのだろうか。重い腱ジャーキーを咥《くわ》えていったポヌポヌ犬さんはまだしも、テピちゃんたちは非力でプルプルしてるけど、どうやって暮らしているのだろう。

プルプルしながらテピちゃんたちが猛者《もさ》を倒す想像をしつつ、サフィさんに訊いてみる。

「ここより奥まったところでは、金貨より大きい単位のお金があるんですか？」

「それはないよ。ここが迷宮の最奥地点だから。金貨が一番大きいお金」

「……最奥？」

「最奥」

「一番強い人たちが集まっている場所？」

「そうそう」

なんだか、わりと、重要な情報を知った気がする。

「そ、そうだったんですか。知りませんでした」

「まあ、店の中だとあんまり実感はないかもねー。その腕輪で守られてるから問題ないと思うけど、一応あんまり出歩かないほうがいいよ」

「あ、前に外出ようと思ったら出られませんでした。ぼよーんって弾かれて」

「ぼよーん……？　ああそっか。なるほどね、さすが魔女の腕輪」

サフィさんは私の左手首にあるブレスレットをチラッと見て何か納得していた。

迷宮とはいえ、やはり魔王さん的なひとが闊歩《かっぽ》しているというのは普通ではあまりないことらしい。そして魔王さんは見た目通り強いらしい。

私は全くの素人で知らなかったけれど、このお店に置いてある品物も地上では貴重なものが多いそうだ。サフィさんいわく「こんな場所でしか使わないようなものもあるから、高価かというとそうでもなかったりするけど」と言っていたけれど、それはアレだろうか。いわゆるフェニックスの尾的な……？

「あの、お店のお客さんが少ないとか、人間の人にまだ会ったことないのも、お店の場所が関係してたりしますか？」

「するだろうねー。浅いとこは人も魔物もかなり多かったと思うよ。この辺で見る人間はかなりレアだね」

ゲームの世界の、ラスボスがいるエリア的な感じだろうか。強い力を得たものだけが来られる場所、って感じの。

主人公的な勇者の前に立ちはだかる、お客さんの面々が思い浮かぶ。魔王さんとかは絵になるけど、サフィさんにキラキラニコニコされながら倒される勇者とか、ポヌポヌ犬さんにポヌポヌ倒される勇者とかはなんかちょっと気が抜けた光景に思えた。

「この辺は空間あたりのイキモノの数が少なくて平和だよね。大昔に浅いとこ行ったときは小競り合いとか多くて騒がしかったよー」

「へ、へえ……」

やっぱ暮らすのは静かな場所のほうが落ち着くよねーとニコニコ言うサフィさんが、強者の余裕を漂わせているように見えてきた。

バイト的にはどこにあろうが関係ないとはいえ、業務に全く支障はないけれど、まじょばちゃん、ちょっとは説明しといてくれてもよかったんじゃないかな。ラスボスに限りなく近いひとからぼったくってしまったじゃないか。気にしてないし果物好きないいひとだけども。

「というわけだから、小銀貨支払いでいいと思うよ」

「そ、そうですね……そうします……」

気付かずにセレブエリアでバイトしていたことに若干動揺はしたものの、サフィさんがいつも通りニコニコキラキラしながら「貰ったニンニクだれ、使ってみたらすっごく美味しかったからまた買ってきて」と嬉しそうだったので気持ちは落ち着いた。

バイト店員としては、相手がラスボスだろうが弱いひとだろうが楽しく買い物して満足してくれたらそれでオッケーなのだ。……たぶん。

後日、引換券を持ってやってきた死神さんは、出来上がった七分搗きオレンジ玄米を見て満足そうにカシャカシャと頷いた。

「ええやん！　いやー、精米機使うかなーと思てたけど、魔術でやってくれたんか！」

「はい、あの、大丈夫でしょうか？」

「いやそのほうがええねん。摩擦で精米するタイプやとやっぱり熱が入るやろ。魔術はそういうのないからな、こっちのが美味いんや。昔ながらの石臼とかも懐かしい味で悪くはないんやけどなー、いっぺん魔術精米に慣れるとアカンわ」

「はあ……」

調子のいい関西弁で喋る骸骨な死神さんは、あれこれと骨の手を大袈裟《おおげさ》に動かしながら石臼での精米がどれだけ面倒だったかを語っている。

私が「昔の精米」と聞いて想像するのは映画で見た一升瓶に入れたお米を棒で突いているものだけど、石臼で精米していた時代があったらしい。蕎麦《そば》とか小麦を粉にする石臼とはまた違うのだろうか。というか死神さん、おいくつなんだろう。

「精米具合も良さそうやな。もう一袋もこの調子で頼むで。魔道士にもよろしゅう言うといてな」

「はい」

「ほんで話変わるけど、ついでにそれも売ってんの？」

それ、と死神さんが骨の指で示したのは玄米である。オレンジ色のものではなく、日本産の薄茶色のものだ。玄米の精米度合いを見るために買ってきた見本で、これを参考に精米しましたと説明で見せたものである。

「いえ、これは見本なので、売り物ではないんですけど」

「売ってくれへん？　なんや見たことない米やし白いし、いっぺん食べときたいわ。美味しいなら作りたいし。銀貨一枚でどないや」

米農家である死神さんは、未知の米が気になったらしい。

見本として買ってきた「はじめて玄米食べ比べセット」はすでに役目を終えたので、後で私が食べてみようかなと思っていたくらいで欲しいなら売っても構わない。

ただ、銀貨一枚はちょっと高すぎる。日本円で二〇分の一くらいで買っただけに逆の意味で売りにくい。

「あの、お金じゃなくて、そっちの玄米と交換でどうですか？」

「これ？　言うてこれフツーの米やで」

「こっちの玄米も私にとってはフツーのお米なので……。もしよかったら白米も付けますよ」

精米具合の違う玄米が、二合ずつ三種類。白米も同量付けて四種類八合セットはどうか、と提案してみる。

「実は私もそのお米がどんな味なのかちょっと気になってて」

「なんや、言うてくれたらやったのに！　ほな同じ量の米で交換しよか。ちょうど一食分ずつやし食べ比べしてみるわ」

「はい。じゃあちょっと白米取ってきますね」

私はキッチンに行って、棚に置いてあるプラケースの米びつを取り出す。このまま持っていくと重いので、炊飯器に付いていたカップで二合分を気持ち多めに計って手頃なタッパーに入れた。

そういえば死神さん、二合のお試し玄米を一食分ずつだと言っていたけど、量結構多くないか。私もお米は二合で炊いているけれど、三等分して一日かけて食べている。昔の文豪が「一日に玄米四合」と言っていた気がするので、それよりも多い。

食べたご飯が肋骨の隙間から溢《あふ》れそうだなと思いつつ、大きめな空のタッパーとキッチンスケールも持ってお店へと戻る。

「白いなー！　形も匂いも似てるけど、なんか変な感じやわ」

「見慣れてる色と違いますもんね」

キッチンスケールで日本産玄米と白米の重さを測り、それから袋の重さを気持ち抜いた分と同じだけオレンジ玄米をタッパーに入れてもらう。サフィさんに精米してもらって出た米ぬかも一握り分もらった。布に入れてお風呂で使うと肌にいいらしい。米ぬかは漬物に使うので持って帰るけれど、籾殻は捨ててくれとのことだった。

「いつも白米食べてるんやったら、玄米はちょっと硬いかもしれん。炊き方も気ィ付けてな」

「炊き方に違いあるんですか？」

「最近の炊飯器は玄米モードあるし、説明書に書いてあるで。水も吸わせてな」

「アッハイ」

ごく現代的なアドバイスで返された。

死神さん、炊飯器も家にあるらしい。家でスウェットを着てピッと炊飯器のスイッチを押す骸骨が目に浮かんだ。むしろ違和感がないように思えてきた。

「なんや腹減ってきたわ。帰って早速食べよ。おおきになユイミーちゃん」

「こちらこそありがとうございます」

「いや仕事も丁寧やしサービスもええし、ユイミーちゃんが新しい店番で良かったわ！　これからもよろしくな！」

「……はい！」

死神さんが元気よく言った言葉に、私は嬉しくなった。

今まで、迷宮とかいう謎の場所での謎のバイトでちゃんとできるか心配だったし、私が来る前に店番していたというぼったくりバイト被害による汚名返上を頑張ろうという気持ちでやってきたけれど、こうして褒められると報われた感じだ。「私が新しい店番でよかった」という言葉は、私なりに頑張ったところを認めてくれたという気がして、より嬉しい。

「ほなまた取りに来るさかい。よろしゅう頼むわ！」

「はい、またのお越しをお待ちしています！」

なんか、働くの楽しいな。

久しぶりに、そう思わせてくれるお客さんがいるこの職場でバイトしてよかったな、としみじみ思った。私ひとりで店番している分責任は重いけれど、その分頑張れば喜んでもらえるのがよくわかる。

時給目当てで始めたけれど、このお店で働くのは楽しい。まだお客さんは数えるほどしか来てないけど。

これからもずっと楽しいと思いながらバイトできたらいいな。

「テピー」

「テピちゃんたち、これからも頑張ろうね」

「テピー！」

「でも徹夜はしなくていいからね」

「テーピ……」

新しい籾殻付きのお米を前に張り切っていたテピちゃんたちが不満そうだったので、その夜私は殻付きのお米を部屋に持って帰って寝た。ブラック労働禁止。

オレンジ玄米は炊飯器の説明に従って炊いたら歯応えと風味があって美味しかった。彩りが明るいので、混ぜご飯にすると華やかだ。でも夕飯を食べにやってきたサフィさんは、オレンジ米を出すとガッカリした顔をしていた。白米が好きらしい。テピちゃんたちは普通に喜んで食べていたけれど、翌日には体が濃いオレンジに染まっていた。

六章　たくらんだとり

一　金と銀

しゃーこしゃーこと乾いた音がお客のいない店内に響く。

「テピッ」

「ちょっと待って」

床についていた膝と左手のひらがそろそろ痛い。あと腰も。ゆっくり姿勢を変えてちょっとストレッチをしてから、私はまた板張りの床と向き合い始めた。

手に持っているのは、小さく切った角材。紙やすりを使いやすくするために、ホームセンターで買ってきたものだ。

暇を持て余しているので、前々から気になっていた、接客スペースにある床のささくれ部分を地味に削っていたのである。テピちゃんたちが歩き回ると、てぴてぴてぴぽてっと転ぶ場所があるのだ。ポヌポヌ犬さんのように裸足《はだし》、というか靴なしでやってくるひとも多いので怪我《けが》をする可能性もある。快適に過ごしてもらうために……というのは建前で、暇すぎて運動不足になりそうなので何かしら体を動かす作業を見つけたかったというのが本音だ。

粗いヤスリで凹凸を整えて、細かいヤスリですべすべに仕上げる。ふうと顔を上げると、転びポイントにいるテピちゃんたちがテピテピと私にアピールした。あと四ヶ所。

「疲れたから一旦掃き掃除するね。目印ちゃんたちはそこにいて」

「テピー！」

あちこちに散らばった削りかすをホウキで掃き集めていると、コツ、コツコツ、と小さなノックが聞こえてきた。

「はーい」

私の返事と同時に、テピちゃんたちがてぴてぴっと走ってカウンターの向こうへ逃げていく。立ち上がって腰をさすりつつドアを開けるとお客さんがやってきた。

「いらっしゃいませ。いま掃除中で汚れていてすみません」

私が挨拶すると、お客さんのひとりが「ホロッ」と鳴いた。

私が渡す上級南国果実Bと新たに入荷するようになったマンゴーを購入しにくる魔王さんに並んで、このところ毎日来店しているお客さんがいる。

私がバイトして初めて出会った、鳥のお客さんである。

大きさは鳩《はと》とカラスの間くらい。クチバシは小さく、ほとほとと歩く脚は黒くて指は前に三本、後ろに一本伸びている。頭から短い尾にかけてふっくらした曲線を描く体はウズラのフォルムそっくりだった。ただし羽色はウズラとはかけ離れていて、一羽は金と黒のまだら、もう一羽は銀と黒のまだら。

一枚一枚の羽が金や銀の地色をしていて、そのフチだけが黒色になっているのだ。だから鱗《うろこ》のようにも見える。金銀はそう見えるという比喩ではなく、本物のメタリックな輝きだ。ギラッギラである。

なんで詳しく知っているかというと、もらったからである。羽根を。

「どうぞ店内自由にご覧くださーい」

私がそう言いながらまたヤスリがけの姿勢に戻ると、二羽はしばらく私の周囲を歩いたのち、勝手知ったる顔でカウンターの向こう側へと歩いていく。入れ替わりに奥にいたテピちゃんたちがぴゅーっと私のほうへ逃げてきた。

派手なウズラっぽいペアが最初にやってきたのはもう一週間ほど前のことだろうか。

ノックに返事をしても入ってこないお客さんは大体ドアノブを開けられない系のひとなので、私が開ける。にゅにゅっと入ってきた二羽は、ポヌポヌ犬さんがしていたように店内を検分しはじめる。壁には登らないので、派手だけれど普通の鳥かなとそのときは思った。

小さいお客さんなので、店内チェックが終わったら後でカウンターに乗せてあげよう。

そう考えながら、歩き回る二羽の邪魔にならないように私はカウンターの内側で待った。あんまりジロジロ見るのもアレかなと思って、サフィさんに書いてもらった価格表やマニュアルの準備をしていると、店内をチェックし終わったらしい二羽がカウンターのほうへと近付いてくる。

と、思ったら、レジ側に入ってきたのだ。

ホロローウ、と小さな声で鳴きながら入ってきたお客さんに、最初は戸惑った。

今まで、カウンター越しにお客さんと店員の私として接していた。不文律というか、テピちゃん以外お客さんは誰も越えなかったその境界線を、二羽のウズラっぽいペアはやすやすと越えてきたわけである。

こっち側に入れていいものなのか、追い返すべきか、直接品物を見たい派として見守るべきか。悩んでいる私とお客さん接近に逃げ惑うテピちゃんたちを置いて、二羽はジロジロと棚を見回しカウンターの下に入り込み椅子をつついた。

そしてしばらくしてから「お決まりですか」と声を掛けた私に、金色のほうが羽根を渡したのだ。クチバシで背中から抜き取ったとれたてホヤホヤの羽根である。

その一枚を私の手に置いて、二羽は何事もなかったかのように去っていったのだった。

貰《もら》った羽根は一枚だけだけれど、それ以外の一連の流れをこの二羽はこの一週間ずっと繰り返している。カウンターに乗せて商品価格表を提示してみても、二羽はただ「ホロロー」と鳴くだけで眺める様子もなく帰る。特に何か注文したそうな様子もないので、もう好き勝手に見てもらっているのだ。

新居のインテリアの参考にでもしに来てるのかな。適当にそんなことを考えつつ、私は二羽の来客中でも気にせず掃除や日誌つけなどをすることにしていた。最初はパニックを起こしていたテピちゃんたちも流石《さすが》に慣れたらしい。歩き回る二羽の進行方向を避けながら私のほうへ逃げ、掃除用エプロンのポケットに入り込んだり、きゅっとしがみついたりして風変わりな来客をやり過ごしていた。

「テピちゃん、次どこだっけ?」

「テピー」

ソロソロとエプロンから顔を覗《のぞ》かせた数匹が、てぴてぴてぴと床を歩いてぽてっと転んだ。そこへ移動して、またヤスリがけを再開する。

サフィさんによると、このお店の立地はなかなか強者揃《つわものぞろ》いのエリアにあるらしい。

ホロッと鳴く金銀のウズラペアも、こう見えて相当な猛者《もさ》なのだろうか。

変なことを企《たくら》んでないといいけど。念入りに下見をして強盗するつもりとかだったら困るな、などと適当な妄想をしつつ、カウンターの向こうからホローホロローウと声が響く中で私はヤスリがけを最後まで仕上げた。

二　伝書鳥

レシート片手に帳簿をつける。

マンゴー二個税抜き一二八〇〇円。

普段なら購入するかどうかの選択肢が浮かぶどころか視界にも入らないレベルのお高いマンゴーである。ものすごく色鮮やかでデカかった。

魔王《じょうれん》さんの希望によりお店で仕入れることになったマンゴー、もとい「幸せ南国果実」二個銀貨一〇枚（日本円で五〇万円。異世界の食べ物とはいえぼったくりすぎではないか疑惑が私の中で湧き上がっている）は、当然のように魔王さんが毎日買い占めている。しかし魔王さんはそれだけでは飽き足らず「マンゴーお店で売ってたらお金渡すから買ってきて」というのを難しい言葉に変換して私に依頼していた。依頼料として金貨を握らされそうになったので、代行料は小銀貨で支払うことを条件としてちょいちょいお遣いをしているのである。

開店早々マンゴーを買いに行くというのを繰り返したせいか、高級果物店のおじさんに顔を覚えられてしまった。あれこれと国産高級果物を紹介してくれるようになり、魔王さんを毎日唸《うな》らせている。そのおじさんがツテで「この季節にしてはかなり良質で貴重なマンゴー」を手に入れてくれたので、迷わず買ってきたのである。

いつもより大きく赤く見事なマンゴーに私は感心し、テピちゃんたちもテピーと崇《あが》め、魔王さんも感動の眼差《まなざ》しで見つめていた（たぶん）。二個のうちひとつをお店で切って出したけれど、それを食べた魔王さんは美味《おい》しさで感動のあまり五分ほど震え、残りの一個は果物かごに入れずに手にそっと載せて帰っていった。

「テピー」

「食べてみたいね。高いけど……」

「テピ……」

ロイヤルカスタマーである魔王さんから意図せずぼったくったお金は、今はとりあえず金貨一枚分だけが私の口座の中で眠っている。それを使えば超高級マンゴーなんて何個でも買えるけど、自分のためにいざ買おうと思うとなんか抵抗感がある。この貯金、気軽に手を付けてしまうと破滅しそうでむしろ手が出せないのが現状だ。

春休みが明けて講義が始まってからの生活費にしようと思っているけれど、それも度がすぎないように去年の生活費を参考にして必要な分だけ別の口座に移す予定である。

超高級マンゴーを罪悪感なく食べられるようにバイト代から捻出するかと考えていると、お店のドアがカチャッと鳴った。

「ん？」

ドアノブが、カチャッと少しだけ動いてはまた元の位置に戻る。弱い力で開けようとしているように、カチャ……カチャ……と何度か鳴った。

「テピちゃん……たちはいるよね」

朝、出勤してくるテピちゃんたちが入ってこようと頑張っている音に似ているけれど、白いもの集団は今、私の隣でまじょばちゃんのお土産であるマカダミアチョコの空き箱にみっしり詰まっていた。見ると、箱からわらわらと脱出してカウンターから私の膝の上にポトポト落ち、さらに床にポトポトと落ちていつもの棚へと逃げ出している。テピちゃんたちが逃げるなら、来ているのはお客様だろう。

「はーい」

内開きのドアと同時に店内に入ってきたのは、また鳥だった。

「いらっしゃいませ」

黒い両足が、反対側のドアレバーのところを掴《つか》んでいる。その鳥は、クチバシが赤、その他はほとんど黒で、頬《ほお》のところだけ金色の羽が生えている。鳩をちょっと小さくしてスリムにしたようなサイズで、たまに見かけるギャーギャー鳴く野鳥に似た大きさだった。

その鳥がドアノブの上で向きを変えるとカチャッと音が鳴る。小さいので、ドアノブに乗って開けようとしても開かなかったようだ。

その鳥は、クチバシに紙を咥《くわ》えていた。周囲を見ているかのように、小刻みに顔の向きを変えている。それから私をじっと見上げたかと思うと、バッと羽ばたいてカウンターの上に着地した。キョロキョロしている鳥は、私がカウンターの内側に戻るとポトリと紙を落とす。

手紙のようだった。

「えーっと、触ってもいいですか？」

尋ねると、ギロローと小さく鳴いた鳥はもう一度手紙を咥え、ちょっと羽ばたきながら苦労してそれを裏返した。宛名が見える。

「私宛てだ」

白い封筒には「ユイミーちゃんへ」と記されていた。

迷宮で、手紙を貰《もら》ってしまった。

受け取ったのを見て満足したのか、黒い鳥はチョイチョイと自分の羽を繕ってから、両足を揃《そろ》えてテンテンとジャンプしてカウンターの上を移動し始める。じっと棚を見上げ、カウンターの下を覗き込み、ジャンプして羽ばたくとそこに置いてあった水入りの深皿のフチに止まった。私を見上げてギロローと鳴く。

「あ、テピちゃんのお水ですけど、欲しかったらどうぞ」

ギロッと鳴いた鳥は、赤いクチバシを水に付け、やや上向きに喉を動かしていた。それから羽ばたいて雑貨で溢《あふ》れる棚の上のほうの段に乗り、ギロロローと鳴いた。

それに呼応するようにホロローウと聞こえ、モゾモゾと金色の鳥が出てくる。

「あっ忘れてた」

そういえば今日は開店早々にいつもの派手なペア鳥が来ていたんだった。

いつも通り好きに見回っているので気にせずにいて、魔王さんにマンゴーを渡したりしているうちにすっかり忘れていた。棚の上で大人しくしていたらしいペアは、ギロローという鳴き声につられるようにモゾモゾと出てきて床に降りた。

黒い鳥が再び飛んでドアノブに止まると、それを追いかけるように金銀の鳥も出口へ向かって歩いていく。

「ホロッ」

「あ、ありがとうございましたー」

ドアを開けると黒い鳥はギロロッと鳴きながら飛び立っていき、金銀ペアは歩いて出ていった。

残されたのは私とテピちゃんと手紙である。

白い封筒は四方がややくすんだ薄い紙で、日本にある普通の文房具店だと売っていなそうな古めかしさがあった。日本ですら手紙を送ってくる相手の心当たりなんてないというのに、まさか迷宮《ここ》で貰うことになるとは。知り合いといえば限られている。

中央に臙脂《えんじ》色のインクで「ユイミーちゃんへ」と書かれた表側をひっくり返し、何も書いていない裏側から封筒を開ける。ぴったりくっついて隙間のなかったフタ部分を親指で少し端から押し開けるようにすると、封筒は破れずにペラリと綺麗《きれい》に開いた。

「……『ユイミーちゃんへ。急な仕事で冬の荒野に行くことになり、今日明日あたりは食べにいけません。ごめんね』……？」

追伸、明後日はニンニク料理希望。

そう書いてある便箋の下中央に、小さな円形の魔術陣のようなものがスタンプされていた。

「サフィさんから……だよね」

私が疑わしく呟《つぶや》くと、そろそろてぴてぴと戻ってきていたテピちゃんたちが「テピ」と小さく返事をした。

常にキラキラした顔をしているサフィさんは、ヴァンパイアであり、かつ魔道士だ。

そして暇があればこの店に夕食を食べにくるお客さんでもある。とはいえ何か仕事やら何やらで忙しいこともあるようで、食べに来るのは毎晩ではない。そのため準備に気を使ってか次はいつ来る、というのを帰る際に軽く告げていくのだ。

昨晩やってきたときに、サフィさんは「明日もよろしく」と言っていた。それが急に来られなくなってしまったので手紙を書いたらしい。几帳面《きちょうめん》だ。

「じゃあ今日は納豆ですまそうか」

「テピ！」

誰かと一緒に食べる夕食は賑《にぎ》やかで楽しいいし、来てもらえないとお店は儲《もう》からない。けれど、サフィさんが来ない夜はそれはそれで少し嬉《うれ》しい。手抜きができるからである。

お店のメニューとして温めるだけで出来上がるレトルト的な料理が何種類かあるけれど、サフィさんは私の世界の料理に興味があるらしく、いつも私が夕食として食べようとしているものをオーダーしている。サフィさんは特に好き嫌いもなく、何を食べても美味しそうに食べてくれるのでラクではあるけれど、誰かに食べてもらうための料理というのはなかなかプレッシャーを感じるのだ。失敗もできないし、野菜の切り方にも気を使う。お金を貰ってバイトの一環で振る舞っているということもあって、メニューや量も考えないといけない。

普段、レンジで火を通した鶏肉《とりにく》と野菜にドレッシングをかけてごはんと食べたり、納豆と卵とごはんで一日を過ごしたりも珍しくはないという手抜きレシピに親しんだ私の料理スキルでは、頻繁に食べに来るサフィさんをもてなすのがそろそろ難しくなってきていた。

スマホで時間を確認して、夕食の支度をすませる。納豆と卵を混ぜ、ごはんを解凍し、茹《ゆ》でて冷凍していたブロッコリーも温めてマヨを添えたら出来上がり。非常に簡単である。

「テピちゃんたち、ブロッコリーも食べる？」

「テピー！」

緑色になるんじゃないかという期待と心配の混ざった気持ちで、ブロッコリーのポロポロ取れる部分を小さく分割してごはん粒と共に置いておいた。小さな手の片方にごはん粒、もう片方にブロッコリーの粒を持った集団が、嬉しそうにテピテピとカウンターで動き回っている。感謝を表しているのかむにっと抱きついてくるのはかわいいけれど、ごはん粒がくっつくので食べてからにしてほしかった。

「ニンニク料理かー……」

「テピー……」

食事を終えて食器を洗い、キッチンを軽く掃除すると、本格的に夜の暇タイムに入る。この時間は三日前くらいにポヌポヌ犬さんが腱《けん》ジャーキーをおかわりに来た以外にお客さんは来ていなかった。何度かウズラっぽい金銀鳥のペアがやってきたけれど、今日はすでに来ているのでもう一度来ることはなさそうだ。鳥ペアは特に買い物はしていないので、客なのかどうかは曖昧なラインである。

スマホでレシピを検索しつつ悩む。

サフィさんが迷宮《ここ》にいるのかどこか外に出掛けているのか謎だけれど、冬の、と付いているのであれば寒いところに行って仕事しているのだろう。だったら夕食は温かいメニューのほうが良さそうだ。あれこれ悩んで途中テピちゃんたちをムニムニ揉《も》んだりしつつ、スーパーで買うものをメモしておく。

ネットで調べればレシピは山のように出てくるけど、多すぎて逆に決めにくい。難易度が高そうなものは失敗しても怖いし、簡単かつ人様に出せるようなメニューの載ったレシピ本とかあると便利かもしれない。

「本屋、いや図書館でいいかな」

「テピ」

「買って作れない料理ばっかりでも困るよね」

「テピー」

理解しているのかよくわからない返事をするテピちゃんたちを、ムニムニしてはリリースしてまた別のをムニムニしながら考える。テピちゃんたちはムニムニされるのが好きらしく、長い列を作って律儀に順番を待っていた。

ムニムニムニムニ。

ちっちゃい手を指で挟んで握手していると、テピ〜と嬉しそうに何か言っている。

癒《い》やし系《けい》。

「……まあ、今度でいいか」

「テピ」

「明日も手抜きでいいわけだしね！」

「テピ！」

肯定してくれている（のかは定かではないけど）返事を貰うと、なんだか自信がつく。せっかくの春休みだ。バイトをしているのだから、その他は限りなくのんびり過ごしたい。

ムニムニと戯れながら、私は問題を先送りにすることにした。

三　鴨《かも》の親子とちいさな攻撃

次の日にやってきたテピちゃんたちは、ものの見事に緑色に染まっていた。濃い緑色、まさに茹でたブロッコリーの粒々部分の鮮やかさである。

はっきりした色合いのせいか、テピちゃんたちがいつもよりも活発に見えるくらいに印象が変わり、普段とのギャップに私は思わずドアを開けたまま爆笑してしまった。お腹《なか》がよじれるほど笑った。そして、それがテピちゃんたちはお気に召さなかったようだ。私がひとしきり笑い終えた頃には、身を寄せ合った集団のつぶらな目が、むうっと不満そうになって私を見上げていた。

テピテピテピテピテピテピ、と小さな手で交互に私の腕やら指やらを叩《たた》いている。てててて、と繰り出される攻撃はそこそこ素早く、そしてカウンターに置いた腕をみんなで並んで一斉に攻撃しているのだけれど、いかんせん一発一発が非常に弱い。

「いやー、ごめんごめん」

謝罪に誠意が感じられない、とでも言いたげに、濃いグリーンの集団が私をてててと叩いている。受け手としてはごくゆるーいマッサージを受けているようで、くすぐったいと気持ちいいの中間あたりのやんわりした感触はむしろもっとやってほしいくらいだった。

人参《にんじん》や金平糖《こんぺいとう》で予想していた通り、テピちゃんは食べたものの色素が鮮やかに体に反映される体質らしい。どういう消化の仕方なのかわからないけれど、元の色が白いだけにわかりやすい。また、スライムのようなお化けのようなちっちゃい体なので、カラフルだとなんかかわいいのだ。白いときよりコミカルな存在に見える。

だから笑ってしまったことについては不可抗力だ、という主張はもちろんテピちゃんたちに受け入れられることなく、掃除する私の肩に乗っかったり、ごはんを作る私のエプロンのポケットに入ったりと、テピちゃんたちは執念深くやわらか復讐《ふくしゅう》を続けていたのだけれども。

「……ヒマだね……」

「テピ……」

昼食を食べる前に魔王さんがやってきたあとは誰もお客さんが来ない状況で、私とテピちゃんは時間を持て余しすぎていた。

毎日毎日暇だからと掃除をしすぎたせいで、もう念入りにお手入れをするような場所が残っていない。お店のどの面のどの角っこをポヌポヌ犬さんが歩き回ったところで、不思議な音を出す肉球にはホコリひとつ付かないという確信が持てるくらいだったし、棚に置いてあるアフリカのお面っぽい暗黒感溢れる商品も、綿棒を使って細かくホコリを取り払ったせいでどことなく機嫌が良さそうにピカピカしている。キッチンも磨き上げた上に特に汚れていないテピちゃんたちを何度か水遊びに誘ってみたものの、テピちゃんたちも飽きたようで三回目は断られてしまった。

早めの夕食を食べ終わった頃にはテピちゃんたちも攻撃することに飽きたらしく、私と一緒にカウンターでだらけた姿勢でボーッとしていた。ちなみに今日のごはんとしてかぼちゃの煮物を分けてあげたら、緑色のテピちゃんたちは疑わしそうな目で私を見ながら受け取ったものの、その美味しさが気に入ったようでテピテピと嬉しそうに私に抱きついていた。単純である。

ぽてぽてと転がっているテピちゃんたちは満腹だからか、つぶらな目をうつらうつらと閉じかけている。カウンターに腕枕をしてそれを眺めているうちに、私もボーッとしてきた。うっかり居眠りしそうになってハッと体を起こす。いつのまにか午後八時に近かった。

これはダメだ。何かやることを探さないと迷宮で居眠《しょくば》りしてしまう。

勢いよく起き上がり、まだ寝ぼけているテピちゃんたちを置いたままカウンターの外に出て、軽くストレッチを始める。屈伸運動をしていると、コンコンコンと低い位置からノックが聞こえてきた。もう聞き慣れた音だ。

「いらっしゃいませー！」

そろそろ閉店。客だろうが客じゃなかろうが、それまでの時間の眠気と暇を追い払ってくれる存在は大歓迎だ。そんな気持ちでドアを開けると、ふっくらした金と銀のウズラっぽい鳥が立っている。

そしてその後ろに、カモがいた。

「えっ……あ、いらっしゃいませ」

ドアを開けると、金銀のペアはホロロッと鳴いて我が物顔で店内を歩き回る。その後ろから入ってきたカモは、どう見ても普通の鴨である。川とかに浮いている茶色っぽいカモ。ペタペタと水かきのある足で左右に揺れるように入ってきたその体の後ろには、ヒナが六羽ほど一列になって付いてきていた。

「うわ、かわいい」

私の声に先頭の親ガモが立ち止まり、じっと見上げたあとグワグワと鳴いてまた歩き始めた。子ガモは小さなクチバシと頭のてっぺんとまだ飛べそうにない小さい翼のところだけが茶色で、その他がやわらかい黄色をしていた。全体的にふわっふわで、歩くのが意外と速い。ピヨピヨピヨと絶え間なく囀《さえず》りながら、親ガモのぷりぷり動くおしりを追いかけるように一生懸命走って付いていっている。

すごくかわいい。

親ガモがカウンターのところで立ち止まりグワグワと鳴くと、ピヨピヨと鳴き交わしている子供たちもその周りで立ち止まった。

「あ、カウンターまで持ち上げますね。ここに乗ってもらえますか？」

既にテピちゃんたちがいなくなったカウンターからトレーを取り、乗りやすいように床に置いて促す。すると親ガモがガーグワッと鳴いてそれに乗り、子ガモちゃんたちもピヨピヨとそれに続いた。

「じゃあ持ち上げまアッ」

そう大きくはないお盆の上でパタパタ走り回った子ガモが、持ち上げる途中でお盆から落ちる。

「ごめんなさい！　大丈夫？」

とりあえずお盆をカウンターの上に置いてから、落ちた子ガモを見る。幸い怪我はしていないようで、ちっちゃい羽をパタパタ動かしながらピーピーと鳴いていた。

「かわ……持ち上げますね……ふわふわ……」

両手でそっとお椀《わん》を作るように掬《すく》い上げると、ふわっふわな毛と体温が伝わってきて、めちゃくちゃ気持ちが良かった。頬擦りしたい欲求を懸命に抑えながら親ガモのそばにそっと戻す。

私がカウンターの内側に入ると、親ガモは既に欲しい品物のところで平たいクチバシをパクパクと動かしていた。置いてあったマニュアルを自力でめくったらしい。

「えーっと、『上級水鳥の餌S』を小袋ひとつ分ですね。少々お待ちください」

指でなぞって確認すると、親ガモはグワッと鳴いた。

途中で棚の下段にあるカーテンを覗いている我が物顔な金銀ペアの視界を手で遮って「そこは関係者専用なのですみません」とやんわりテピちゃんから引き離しつつ、反対側の棚にある引き出しから小さな袋を取り出した。「上水鳥（S）」と書かれているのを確認して、カウンターに持っていって袋を少し開ける。細かく刻まれたような粉っぽい食べ物は、何種類かの色が混ざっていた。

「こちらでよろしいでしょうか」

平たいクチバシを突っ込んで覗き込んだ親ガモがおもむろに振り払うようにして頭を上げると、中の餌がばっとカウンターに散らばる。それを子ガモたちがピヨピヨと啄《ついば》み始めた。親ガモは翼の内側からどうやってか代金を出してチャリンと置いた。

「……金貨一枚、ちょうどいただきます」

グワグワと鳴いた親ガモが、再び袋にクチバシを突っ込んでガツガツと餌を食べ始める。時折混ぜ返すようにして、袋の中から餌を撒《ま》き散《ち》らしては子ガモに与えていた。

イートインなさるつもりのようだ。

「えーっと、お皿お使いになられますか？」

カパカパと平たいクチバシの音をさせて食べている親ガモに聞くと、顔を上げてグワッと鳴かれた。イエスと判断して、キッチンから平たいお皿を一枚と、ちょっと深さのあるお皿に水を入れたものを一枚持ってきてカウンターに置いた。

「この袋から全部出しちゃいまアッ⁉」

そっと小袋を持って平たいお皿に開けようとすると、それを親ガモのクチバシがグイッと引っ張り、中の餌が水の張ったお皿のほうに全部入ってしまった。それを見るや否《いな》や親ガモがそこへクチバシを突っ込み激しく食べ始め、子ガモもそれにならうようにお皿に突進した。小さな体がお皿の上に入り込んで、ふわふわなお腹に水と餌が混ざったものがくっついている。餌は故意に水の中に落としたようだ。

「ご、ごゆっくりどうぞー」

バチャバチャと跳ねる水と餌がカウンターのあちこちを汚し始めたので、マニュアルを避難させて空のお皿を下げた。掃除が必要になったけれど、暇つぶしができてありがたいくらいに思っておこう。

「ホロッ」

「うわびっくりした」

みるみるうちになくなっていく餌と水を眺めていると、いつのまにか座る私を挟むように金銀のペアがカウンターに登っていた。ホロローと小さく鳴きながらじっとカモ親子を眺めている。

さっき一緒に入ってきたし、知り合いなのかな。

あれこれ店内チェックしていたのは、信頼できるお店を紹介するためだったとか？

相変わらずメタリックな姿を眺めているうちにカモファミリーは食事を終えた。

「おしぼり使いますか？」

胸元あたりを盛大に汚している子ガモたちを、濡《ぬ》れ布巾《ぶきん》とタオルで綺麗にするという名目でふわふわを堪能し終わると、親ガモはグワグワとまたおしりをぷりぷり動かしながら帰っていった。ついでに金銀ペアの鳥も帰っていった。今日は滞在時間が短い。

「ありがとうございましたー。またお待ちしていますー」

ピヨピヨ帰っていく姿をしっかりと眺めてからドアを閉じる。

すごくかわいかったなーと思いながら立っていると、テピ、と声が聞こえた。

「ん？」

緑色のテピちゃんたちがいつのまにか足元にやってきて、じーっと私を見ている。

「子ガモがいたよ。すごいかわいかった」

しゃがんでそう言うと、テピちゃんたちはまたテピテピテピテピテピと攻撃を再開したのだった。

四　ヨキカナとニンニク

次の日は普段よりも少し早めに起きた。

身支度して買い物に出る。通勤ラッシュのピークを過ぎた電車で向かったのは、春休み中の図書館だ。

長期休み中に大学に来るのは初めてだった。普段からすると閑散としていて、それでも人気《ひとけ》がないと言うには人が多い。学生証を通して図書館に入り、検索機でいくつかキーワードを入れる。本棚の場所を覚えて、いつも通りに静かな図書館の地下に降りた。警備員のおじさんがのんびり巡回をしているのと、ソファのところで居眠りしている学生がいる以外には人がいない。サイレントモードにしたスマホで時間を確認しつつ、私はめぼしい本を探した。

『おひとりさま料理はじめ　まずこれ一冊』

『メニューの基本のキのk』

『一ヶ月これでまわせ！　とりあえず覚える家庭メニュー三〇選』

『すぐラク映え見え　ちょっと背伸びのおもてなし』

『究極!!　男心鷲掴《わしづか》み簡単モテめし』

一人暮らしを始める学生も多い大学図書館だからか、初心者向けっぽいレシピ本が沢山置いてあった。中身をパラパラ見つつ、作りやすそうだなと思ったものと、頻繁に借りられていそうなくたびれた本を選ぶ。とりあえず二冊もあれば十分だろう。選んだ本を抱えて歩き、ちらっと通い慣れた本棚の前を通りすぎる。

一年時に履修した講義は全て、テストが終わり春休みに入ってから一切手を付けていなかった。後期の終わりのほうは、色々あってあまり集中できていなかったなと思い出す。

一般教養科目はおいといても、学科の授業については復習するべきかもしれない。

貸し出し手続きをしてから、大きめのスーパーに寄る。家に帰り、私は荷物を色々抱えてバイト先のドアを開けた。

ココココココココン。

「あれ？　はーい！」

なんか連打している音が聞こえる。荷物をとりあえずおろしてからドアを開けに行くと、金銀それぞれの輝きをした鳥が私を見上げてホロロッと鳴いた。

「あ、おはようございます……早いですね……」

開店待ちをしていたのだろうか。常連のわりに一度も商品を買っていないお客さんに対して詫《わ》びるべきか迷っていると、二羽はそのままヒョコヒョコと中に入っていってしまった。

ウズラっぽいメタリックな鳥は、来る時間がランダムだ。スイスイとカウンターの向こう側に消えたかと思うと、スーパーの袋をつついているらしいカサカサ音が聞こえる。相変わらずマイペースである。ドアを閉めようとすると、小さくテピーと聞こえた。

「テピちゃんたちいるの？」

もう一度ドアを開け、透明な膜にぼよんと跳ね返されないよう気を付けつつ外に声を掛けると、しばらくしててぴてぴと歩いてくる集団が見えた。固まってじわじわ近付いてくるので、鳥ペアが来たところを見ていたのかもしれない。

「鳥さんたち来てるけど、大丈夫だよ。おいで」

「テピ」

手招きすると、てぴてぴと集団が歩いて入ってくる。ソワソワとくっつくように固まっていた集団は、カウンターの向こうからホロローと声が聞こえると、わっと私の足にしがみついた。結構顔を合わせたけれど、未《いま》だにテピちゃんたちはお客さんの存在が苦手なようだ。

「おはようテピちゃんたち。今日はいいオレンジ色だね」

「テピ！」

昨日あげたかぼちゃの煮物色がよく染みて、今日のテピちゃん集団はまた濃いオレンジ色になっていた。ハロウィンに合いそう。

テピちゃんたちをトレーに乗せて、ペア鳥の手の届かないキッチンにいてもらう。それからいつも通り店内の掃除を始めることにした。

小一時間で掃除が終わり一息ついた頃に魔王さんが来たので、いつも通りの上級南国果実Bとマンゴー、そして買ってきたミカンを渡す。

「ミカンどうぞ。美味しいらしいですよ」

六つほどパックに入れる形で入っているミカンは、ナントカとナントカを合わせてできた品種らしい。大体忘れたけど、とにかく皮が薄く甘味《あまみ》が強くて美味しいそうだ。

「ミカンはこの皮を手で剝《む》いてそのまま食べられますよ」

一個見本を見せるように皮を剝き、中の房をひとつ取って差し出すと、魔王さんはしばらくそれを見てから黒く長い爪で摘むようにしてミカンを持ち上げた。体の大きい魔王さんが持っているとかなりの小粒に見える。頭蓋骨な口の中に入れるのを見つつもうひと房を取っていると、もぐもぐした魔王さんがちょっと止まってから、またもぐもぐし始める。

美味しかったんだな。

残りのミカンを手に乗せてひょいひょい摘んでいくのをなごんだ気持ちで見守り、残りのミカンを果物カゴの空いているところに入れて渡した。

「今日もありがとうございました」

頭を下げると、こくり、と頷《うなず》いた魔王さんがドアのほうへと足音もなく帰っていく。黒いモヤから手を出してカチャリとドアを開けたところでその動きが止まった。

何してるんだろう。忘れ物だろうか。

三〇秒ほどジッとしているのをなんとなく見ていると、ドアはパタンと閉められる。そしてスス……と戻ってきた魔王さんは、ミカンのひとつを持ち、カウンターに置いた。

『新たなる訪問者よ、妙《たえ》なる果実を汝《なんじ》の臓腑《ぞうふ》に入れるがいい』

「え？　あ、くれるんですか、ありがとうございます」

私が言うと、魔王はまた動物の頭蓋骨頭でこくりと頷いた。それから今度は止まることなくお店から出ていく。

全部渡したミカンのうち、ひとつが戻ってきた。お裾分けらしい。

強そうな見た目なのに優しいなあと思いつつミカンを食べ、薄皮も剝いてテピちゃんたちに一粒ずつ分けていると、ホロローと圧のある声が近くから聞こえてきた。

「……食べます？」

ホロッという返事をもらったので、薄皮を剝いたものをふたつ小皿に入れて床に置いてあげた。仲良くつついている。テピちゃんたちはテピーと怖がっていた。

勝手にやってきて、店の中をジロジロ眺めて買わず、おやつを食べる。

これがウズラっぽいのではなく人間の形をしていたら、間違いなくお断りしていたな、と思ってしまった。かわいい生き物は有利である。

ホロローウ、とたまに鳴く声を遠くに聞き、テピテピと小さく何かを言っている声を近くに聞きながら、私は野菜を切っていた。

人参、玉ねぎ、ジャガイモ。それにお肉はサフィさんから貰って冷凍していた迷宮産牛肉。昼食の用意は、夕食の下準備も兼ねて作ることにした。なので多めの材料を切っており、キッチンに山盛りのボウルが並んでしまっている。テピちゃんたちは、アルミのボウルに歪《ゆが》んで映る自分たちの姿をしげしげと眺めていた。

サフィさんが来るのはいつも大体一九時前だ。今日もおそらく同じような時間に来るだろう。

そう見当をつけて、ちょうど来る頃に炊き上がるように炊飯器の予約を入れた。

今日の夕食はカレーである。カレーはやっぱり炊きたてごはんで食べたい。白米を気に入っているサフィさんもきっとそう思うだろう。

お昼はラクをするために、同じ食材を使って肉じゃがにすることにした。途中まで行程が同じなので、具材をフライパンで順番に全部炒《いた》めてから、水分を入れる段階で少しだけ小鍋に分けてだし汁を入れる。醤油《しょうゆ》やみりんも適当に入れて煮込み、残りの具材は大きい鍋に入れて水だけで煮込んでおく。焦げたら嫌なので、カレールーは夕方に入れる予定である。

三口コンロ、便利だなあ。うちのキッチンよりも広いので、こっちで料理するほうが楽しい。

「はいテピちゃん、人参の皮あげる」

「テピー！」

煮込んでいる間はヒマなので、キッチンに椅子を持ってきた。人参の皮を千切りにしたものをテピちゃんたちに配ってみる。細長くカットした人参の皮を持っているテピちゃんたちは、なんか杖《つえ》を持っている魔法使いのオバケマスコットみたいでかわいかった。

お鍋の様子を見つつ、パラパラとレシピ本を眺めていると、コンコンガチャ、という音が聞こえてきた。軽いノックと、特に返事を聞かずに自力でドアノブを開ける音。

「あれ？　サフィさん来たのかな」

人参の杖を持ちながらアワアワ、ならぬてぴてぴ慌てている集団を置いて立ち上がる。

手紙によると仕事でなんか忙しかったらしいサフィさんだけど、早めに終わったのだろうか。疲れているなら食事の用意を店《うち》に任せてお昼も食べに来る、ということもあるかもしれない。肉じゃが多めに作っとくべきだったかと思いながら、私はお店のほうを覗いた。

「サフィさん……じゃない」

はじめに思ったのは、デカい、ということだった。

デカい鳥がいる。

その鳥の身長は、頭が私より少し小さいくらいのサイズだった。クチバシと頭は小さく、それに対して大きめの目には長い睫毛《まつげ》が生えている。すらりと伸びた長い首と優雅な曲線でつながっている胴体。その姿を支える長い脚は、しゃなりしゃなりと上品な足取りでお店へと入ってきた。全体的に、燃えるような赤い色をしている。頭の上には飾りっぽい羽が何本か生えているし、翼のところには何色か複雑に色が混ざっているけれど、そのどれもが派手だった。

そして一番派手なのが、引きずるほどに長い尾羽である。

ツルとクジャクとフラミンゴと南国のオウムを掛け合わせたらこんな感じになるのかな、みたいなビジュアルの鳥が、しゃなりしゃなりと床を踏み締めてカウンターへと近付いてきた。随分と大きな姿だからか、それとも派手な色合いをしている姿だからか、はたまた長い睫毛に縁取られた目がじーっと私を見ているからなのか、その鳥は、鳥らしからぬ迫力を持っているように感じた。芸能人はオーラがすごいとかいうけど、それってこんな感じだろうか。

その姿は、しゃなり、と足を止めると、そこからじっと動かなくなる。

私と派手派手な鳥は、カウンターを挟んでしばらく見つめ合うことになった。

なんか圧がすごい。

金銀うずらペアとかカモ親子とか、なんか強いらしいこのエリアで生きていけるのか全く謎な鳥のお客さんは多かったけれど、この鳥なら、魔王さんとも堂々と渡り合うことができるのではないか、とすら思える威圧感である。

「……いらっしゃいませー」

圧を感じながらも私は店員としての使命をなんとか思い出して口を開く。

すると、派手な鳥がますます私をじっと見た。

眼力が強すぎる。

「……」

沈黙が続く。

この頃、鳥系のお客さん多いなあと思っていたけれど、この鳥《ひと》がダントツでインパクトが強い。

まさか金銀メタリックなビジュアルを超えた派手さの鳥がやってくるとは思わなかった。迷宮、結構鳥が生息しているのかな。あとでサフィさんに聞いてみよう。

そんなことを思いながら見つめ返していると、おもむろに鳥が首の角度を変えてやや上を向いた。そしてクチバシが開く。

「ヨキッッッカナァ――――!!」

思わずうわっと声を出しながら跳び上がってしまった。

びっくりした。思わず構えた姿勢のままでじっと見ていると、同じくじっと見返してきた鳥が再び鳴く。

派手派手な鳥は、姿だけでなく声も大きかった。

「…………あの、お買い物のご用事でしょうか」

「ヨキッカナァ――ッ!!」

木槌《きづち》で何かを叩いたような、コォーン、と硬く抜ける響きが店内に広がる。

なんだろう、この鳥。なんか日本語っぽく鳴いてるように聞こえるけど、そんなことより声がデカい。

耳栓が欲しいなと思いつつ、私は価格表を取り出した。サフィさんに依頼して書いてもらったものを、パッと見られるように拡大コピーしてラミネートしたものである。何枚かあるそれをずらっと並べると、一度、ヨキカナッ!! と鳴いたその鳥は、首をスイッと動かして睫毛バシバシの目で価格表を見始めた。

私はチラッと棚のほうを見る。大きめの鳥のお客様がかなり騒がしかったので、いつも通り棚を色々探索していた金銀の鳥がどうしてるかちょっと気になったのだ。謎の雑貨が並ぶ棚をサッと目でさらうと、中段の棚の途中に金色の毱と銀色の毱が並んで置いてあった。眺めていると、金色のほうがブルブルッとちょっと震えて顔を出す。眠そうに瞬《まばた》きした鳥は、じっと私を見返してからまたクチバシを背中側に持っていって丸くなった。

お店で寝ないでください。

コツーン！ と大きな音がしたので振り向くと、大きくて赤い派手な鳥が、クチバシでツーンと価格表をつついていた。勢いが強い。

「あっ、こちらですねー。失礼しますー。えっと、『超上級うまごはん（神）』……でよろしいですか？」

「ヨキカナァッ!!!」

「あ、はい。ではお持ちしま……あ、これ料理するやつだ」

ラミネートされた表面に若干小さな凹《くぼ》みが付いたのを眺めつつ商品を用意しようとすると、その価格表の分類が「食品（最終加工調理）」になっていた。茹でたりチンしたりするやつである。

「えーっと、温めてからお出ししますか？」

「ヨキッッカナ!!!」

「はい、少々お待ちください」

長い睫毛の間からジーッと見られながらも礼をして、それからマニュアルを引っ掴んでキッチンに引っ込む。キッチンでは洗って伏せたボウルの間に隠れたテピちゃんたちが固まってプルプルしていた。

くつくつと煮込まれている大小の鍋の火を止めて、マニュアルを開く。

「テピちゃんたち、お客さんが来てるからもうちょっとここで待っててね」

「テピ……」


超上級うまごはん（神）：神をも魅了する超うまごはん。どういう食生活でも美味に感じる。冷蔵庫上の一段目のカゴの中にある。

そのままレンジにかけて温めて出す。六〇〇Wで三分。持ち帰りはそのまま要冷蔵。


相変わらず説明が雑すぎやしないか？

マニュアルの意味を自問しつつ、冷蔵庫を開けて「超上うま（神）」と書いてあるものを取り出した。容器は紙っぽかったけれど、平たいお弁当箱のように四角くて蓋がある形のものだ。そのくぼみから、内部にはいくつかの仕切りがあるのがわかる。

「六〇〇ワットで三分……」

ピッピッと設定してふうと息をつく。

まさか簡単な調理をして出す料理の、最初の注文者が鳥だとは。迷宮謎が深い。マニュアルを戻しに行くついでに、小鉢に水を入れて持っていくことにした。サフィさんがいるときはコップにお茶だけど、鳥相手にそれはさすがにどうなのだろうと迷った結果である。

「もう少々お待ちください。お水どうぞ」

「ヨキカナッ!!」

価格表を重ねてマニュアルと共に片付けると派手鳥さんはにゅっと首を動かしてクチバシを小鉢の中に入れた。しばらくしたら上を向いて、クイクイクイと喉が水を飲み込んでいるのがわかる。

小鉢の水がなくなりそうだったので一度おかわりをしてから、加熱し終わったお弁当をレンジから取り出した。

熱々になったそれを落とさないようにそっと持って、いったんトレーに置いて蓋を開ける。

「おお……」

「テピ」

ほわん、となんともいい匂いが漂った。フラフラと近付いてくるテピちゃんたちを、商品だからね、と遠ざけつつ、温められたそれを眺める。

どう見ても、弁当。

かなり日本風の弁当。ごはんも白い。

料亭風というか、かなり上品な感じの料理が少しずつ品数豊富に入った豪華なお弁当である。どう見ても稲荷寿司《いなりずし》なものがあったり、ギンナンみたいなものがどう見ても黒文字な串に刺さっていたりして、デパ地下で買ってきた感満載のビジュアルだ。ただどの具も輝くばかりに美味しそうで、匂いもかなり魅力的である。たぶんデパ地下でも五〇〇〇円とかするのでは。

「お待たせしましたー」

食べてみたいと思いつつ、お弁当をカウンターへと運ぶ。

じっとお弁当を見た派手鳥さんは、そっと厚焼き卵をクチバシに咥えたと思うと、ヒョイパクと飲み込んだ。

「ヨキ……」

そっと鳴いた声が、ネット界隈《かいわい》にいる人の感想みたいになっている。お弁当をツンツンとつつきながら、派手鳥さんはごはんやら牛肉のしぐれ煮みたいなものやらをパクパクと食べた。私は途中でお箸を持ってきて、串が付いているものを外したり、派手鳥さんが咥えたものに引っ付いたままのバランを取ったりと手伝った。

鳥さんがすごい美味しそうに食べるので、私もお腹が空いてきた。絶対今度買おう。

みるみるうちにお弁当は空になり、派手鳥さんがまたグビグビと水を飲む。

それから私を見て、長い首を曲げて背中のほうへとクチバシを回し、そこから取り出したらしいお代をチャリンチャリンと落としてから、また大きく鳴いた。

「ヨキッッッカナァ――――!!」

「あ、ありがとうございます……お金……ちょうどお預かりします」

カウンターに置かれた硬貨は、金貨二枚。価格表を見ると、値段も金貨二枚だった。

高すぎる。やっぱり買うのやめよう。

瞬時に判断を翻してお金をしまうと、じっと派手鳥さんが私を見ていた。

「……」

「……ヨキ」

そう呟いた派手鳥さんが、ゴソゴソと体を動かし、それから咥えたものをカウンターに置く。ものすごい派手で細長いそれは、どう見ても尾羽だった。

「えーっと、これは……？」

じっと見られながら尋ねると、もう一度その尾羽を咥えたクチバシが、カウンター越しにぐいぐいとそれを私に押し付け始める。

「え……くれるんですか……ありがとうございます？」

「ヨキカナッ！」

最終的に、私のエプロンのポケットに尾羽を差し込んだ派手鳥さんは満足そうに大声で鳴き、そのまましゃなりしゃなりと歩いてお店を出ていった。静かな空間と、お弁当の残り香だけがここに置いていかれた。いや、尾羽もだけど。

「……なんか最近、鳥のお客さんが多いなあ……」

色々と衝撃的すぎて、とりあえずそんな感想しか出なかった。

キッチンで隠れているテピちゃんの代わりに、私の胃がぐうと返事をした。

その後、お昼になって肉じゃがを食べる頃には、昼寝に飽きたらしい鳥ペアも帰った。スーパー派手鳥さんが怖かったのかエプロンのポケットにみっしり詰まって離れないテピちゃんたちをそのままにして、私はレシピ本の作りやすそうなページのところにメモを挟んでいく。

夕方にポヌポヌ犬さんが久しぶりにお店へ来て、またオオグマの腱ジャーキーを買ってポヌポヌ帰っていったあとはサフィさんしか来なかった。

「……ニンニク……」

「うわっ」

キィ〜……、と静かに入ってきたので亡霊かと思ったけれど、それにしては顔がキラキラしすぎていた。しかしいつもよりはキラキラしていないというか、やつれている。服装もどことなくヨレヨレで、ふらふら歩いてきたかと思うとすぐに椅子を出してカウンターに突っ伏した。

「お、お帰りなさいませー。早かったですね」

「……ニンニクは……？」

「ご飯が炊き上がるまでもう少し掛かるんですけど、今から準備しますね」

「ニンニク……」

まだ一八時を少し過ぎたところ。ごはんが出来上がるまでは三〇分ほどある。

ニンニク発言繰り返し機と化してしまったおつかれヴァンパイアなサフィさんに、とりあえず出せるものを出していくことにした。

しかし、本当にニンニクが好きなんだな。

地球で聖職者がニンニクで作った輪っかとか投げつけて逆に喜んでいるサフィさんを思い浮かべつつ、私は冷蔵庫を開ける。透明なプラスチックに入っているのは、ニンニクのお漬物。シソでピンク色に染まったニンニクに、かつお節が和《あ》えられている。スーパーでニンニク要素を探していて偶然見つけたものだ。ニンニクのお漬物があるのを今まで知らなかったけど、すぐ出せるものを買ってきて正解だった。

小鉢にちょっと盛って、爪楊枝《つまようじ》をぷすっと一本刺す。

「とりあえずこれを……」

カウンターのほうへ持っていくと、サフィさんが片腕に頭を載せるようにして目を瞑《つぶ》っていた。

この短時間で寝てしまったのだろうか。相当お疲れだったのでは。

今日来ると手紙を送ったので無理して来たのかな、とちょっと心配になった。木のカウンターだし毛布もないので寝心地は悪いけれど、ご飯も炊けてないししばらく休んでいてほしい。

小鉢は起きてから食べてもらおうと思い、サフィさんから少し離れた場所へ音を立てないようにそっと置くと、枕にしていないほうの手がピクッと動いた。目を瞑っているサフィさんが何度か息を吸って、手がペタペタと動く。だんだん伸びたその手が小鉢に触れると、それを掴んで顔のほうへと持っていった。閉じられていたまぶたが細く開いて、青とも緑ともつかない綺麗な目がぼんやり動いた。それが小鉢をとらえ、手が爪楊枝に伸びてピンク色のニンニクがひとつ口の中に入っていく。

ゆっくりシャクシャク食べたサフィさんは「うまい」と言ってまた目を閉じた。爪楊枝は握ったままである。やつれた顔がちょっとだけほころんで安らかに息をしている。

サフィさんのニンニク愛、すごいな。

邪魔をしないようにそっとキッチンに戻り、他に買ってきていたニンニクの皮を剝いたりニンニクの底を持って遊んでいたテピちゃんを洗ってニンニク臭を取ったりしてしばらく過ごす。ごはんが炊けた音を合図にカウンターのほうへそっと戻ってみると、サフィさんは同じ体勢でいたけれど、小鉢がいつのまにか空になっていた。お腹が鳴る音も聞こえている。作り始めて大丈夫そうだなと判断して、カレーを弱火で温め隣にフライパンを置いた。

「なんかいい匂いするー……ユイミーちゃんまだー……？」

「もうすぐできます」

カレー皿に盛り付け、持っていくとサフィさんが体を起こして待っていた。

「おおお……!!　これなに!?」

「ガーリックライスとカレー、ニンニクの素揚げ添えです」

「ニンニクの香りがすごい！」

剝いたニンニクを丸ごと、ひたひたのオリーブオイルでじっくり揚げたあと、オイルを大方瓶に移す。残ったオイルでスライスしたニンニクを揚げて一旦取り出し、ご飯を炒めて胡椒《こしょう》と醤油を入れてスライスしたニンニクを戻してガーリックライスは完成だ。

お皿に盛ってカレールーをかけ、ルーの上には解凍したブロッコリー、ガーリックライスには素揚げしたニンニクを添えて完成である。

疲れてるなら濃い味がいいかなと思ってカレーにしたけれど、カレーにニンニク要素を入れていいものか迷ったので外付けしてみた。ニンニクまみれすぎるかなと思ったけれどサフィさんはすごく喜んでくれたのでこれで良かったようだ。

「美味しそう！　食べていい？」

「どうぞ召し上がれ」

「あとこれおかわりある？　何が入ってたか覚えてないけど美味しかった気がする」

小鉢のニンニクは寝ぼけながら食べていたらしい。おかわりを持って戻ると、スプーンを握ったサフィさんが天を向いていた。上に何か汚れでも見つけたのか、と思って見上げていると「美味い……」としみじみした言葉がサフィさんから聞こえてきた。

「おかわり……」

「まだ一口しか食べてないじゃないですか」

「おかわりすることは決まってるから……」

素揚げのニンニクを掬い、ルーとガーリックライスもスプーンに載せてもう一口食べたサフィさんは、とてもキラキラした笑顔をしていた。

しかたない。

私は今後の分も含めて買ってきたニンニクを、おかわりの要望がある限り出すことにした。

栄養というのは、数十分かそこらでグングン吸収されるものではないとは思うけれど。私がニンニクの皮を剝き素揚げを作って出すたび、ガーリックライスにカレーを掛けて出すたびに、サフィさんはみるみる元気を取り戻した。

「ねえユイミーちゃん、ずっと思ってたんだけどユイミーちゃんはニンニク食べないの？」

「私は大丈夫です」

「これすごい美味しいよ？　ごはんに刻んだニンニク混ぜるのすごい発想だよね。食べたほうがいいよ」

「いえ、白ごはんのほうがいいので」

「素揚げもホクホクしててすごい美味しいよ！　食べなよー」

「お気になさらず」

「遠慮しないで、俺の分けてあげるから」

「いらないから」

明日もバイトだという状況で、誰がニンニクを食べたいと思うだろうか。

というかニンニクはもう匂いでお腹いっぱい。何度も何度もガーリックライスとニンニクの素揚げを作ったせいで、キッチンだけでなくこの部屋までニンニク臭が充満している。ついでに手も臭い気がする。ちゃんとスプーンで擦《こす》りながら洗ったけれど、とり切れてない臭いが付いている気がした。

「美味しいなあ……。おかわりまだある？」

「もうないです」

サフィさんがエーと残念そうな顔をしたし、本当はひと玉残っているけれど、私はきっぱり否定した。

「サフィさん、これ以上ニンニク食べたら鼻血とか出ますよ。食べすぎで」

「いや鼻血は出ないでしょー」

「とにかく今日はもうダメです。お気に召したなら、また今度作りますし」

「金貨一〇枚払うから店のメニューに入れて」

「金貨はいらないですね」

最後に揚げたニンニクたちを惜しみながら食べつつ、サフィさんは今日までの仕事のことを面白おかしく話してくれた。

迷宮の中にある雪が積もったエリアですごく大きな生き物と戦っていたらしい。その生き物の名前はカタカナばかりでややこしかったけれど、特徴を聞く限りどうもマンモスっぽかった。マンモスと対決するヴァンパイア。どっちも強そう。

「で、ユイミーちゃんはどうだった？　何も問題なかった？」

「はい。鳥のお客さんが多かったです。今日もなんかこう、大きくて赤くてヨキカナーって鳴く派手な鳥がお弁当をイートインしていきました」

「えー、それってもしかしてスジャークかな」

「スジャータ？」

「スジャーク。燃え盛る炎と生命の化身で、尾羽は一本で金貨五〇〇枚にもなるとか」

ガタッと立ち上がった私を、サフィさんが見上げた。

私は棚の横に立て掛けて置いていたものを掴み、サフィさんに見せる。

「これ……これ……」

「うわ、そうそうそれ。やっぱり間近で見ると魔力すごいなー！　てか羽根払い？　金貨五〇〇枚の弁当とかあるんだね。美味しそうだった？」

「代金ちがう……これちがう……ぼったくりしてない……弁当美味しそうだった……」

「顔色が悪いよユイミーちゃん落ち着いて」

金貨は一枚で日本円にして約五〇〇万円。更に、掛ける五〇〇枚とか途方もなさすぎて、私は派手鳥の尾羽を持つ手が震えた。国の予算レベルなのでは。

なんとか己を制して、今度は棚の横に立て掛けるのではなくちゃんと棚の上にそっと載せると、サフィさんがコップにお茶を入れてくれた。

「え……じゃあタダでくれたの？　よっぽどユイミーちゃんのこと気に入ったのかな」

「いや普通に接客しただけで……特に何もなかったですけど」

「まあ貰っておけば？　なんかそれ死んだときに使うと復活できるらしいよ」

「何それ怖い」

薬効ってレベルじゃないし使うってどういうことだ。食べるのか。死んでるのに。

サフィさんに訊《き》いてもよくわからないと答えられた。ヴァンパイアは不老不死なので使う機会がなかったらしい。そりゃそうだ、と納得する自分と、それはそれでどうなんだ、と悩む自分に二分された気がした。

「えぇ……死にかける予定もないし、いらないんですけど……これ、お店の売り物にしてもいいですかね？」

「いいけど、ユイミーちゃんがそれ売ったことになって金貨いっぱい貰うと思うよ。羽根のほうが嵩張《かさば》らないよ」

「……」

派手鳥さん、なんという置き土産をしてくれたんだ。返すから帰ってきてほしい。

意図せぬぼったくりで分不相応なマージンを得た上に、さらにヤバい額のチップを渡されてしまった。バイトしてるだけなのに私の人生が破滅に向かっている。カレーがたっぷり入った胃がきりきりしてきた。

「本当になんで渡してきたんでしょうか……」

「さあ？　そういえば、スジャークと財宝鳥と死の鳥、合わせて三種の鳥の羽根を得たとき、ものすごいことが起こる……らしいけど、一種類だしねー」

ガタッと立ち上がった私を、サフィさんが見上げた。

家に繋《つな》がるドアを開け、窓際のポトスの隣に置いてあった小さい羽根を掴んで戻る。

「あ、財宝鳥の羽根だ。しかもオス」

「……何が起きるっていうんですか!!!」

迷宮に、いやお店で何が起きているのか。

私は金銀鳥ペアの置いていった金の羽根を、カウンターにぺいっと投げ捨てた。羽根はカレー皿の間にふわんと着地した。

不老不死ヴァンパイアなサフィさんによると。

三種の羽根を得た者は、常ならざることその身に起きる。という言い伝えがあるらしい。

「財宝鳥が毎日来てるってこれまた貴重な体験だねユイミーちゃん。この羽根は特に効力とかないけど、かなり貴重なものだから財宝としての価値は高いよ。特にオスの金羽根はねー」

「値段言わないでください」

安いものではないという情報だけでもうお腹いっぱいである。

根元から先まで親指ほどもないこのメタリックな羽根は、綺麗だしそこそこ価値がありそうだなとは思っていた。けれど金貨が何枚積まれるレベルかと思うとむしろ厄介なものにしか見えなくなった。

「……店《ここ》に置いていったってことは、これ、売りにきたんですかね？」

「いやそれ無理あるでしょ。小さい鳥なら、現金化したらむしろ持ち歩けないだろうし。鳥はしっかりしてるから、もし売りに来たならお金貰わずに帰ることもしないだろうしー」

「でも毎日来てるし……もしかして売ったことに私が気付いていないから催促に来てるんじゃ……」

「歩き回って寛《くつろ》ぐことが催促？」

「うーん……」

派手鳥さんが価格表をつついてアピールしたのとは対照的に、あの金銀ペアは価格表に興味を示したそぶりを一切見せていない。私が尋ねてもそうだった。売買のつもりなら、何かしら反応があっただろう。

「まあそんなに落ち込まないで。ほら、死の鳥の羽根はまだ手に入れてないんでしょ？」

「まだも何も、いらないんですけど……もし手に入れたらどうなるんですか？」

「さあ、実際に体験した人知らないからなあ。不幸になるとかではないと思うけど」

サフィさんはそう言ったけれど、死とか名前に入っている時点でいい響きではない気がする。スジャークという鳥が蘇生《そせい》可能にする羽根を持つなら、死の鳥は不老不死をも死に導く羽根……とかだったらマジでやめてほしい。私はただ平凡に、おいしい時給をもらってバイトをしていたいだけなのに。

溜息《ためいき》を吐《つ》くと、いつのまにか近付いてきていたテピちゃんたちが私の足にキュッと抱きついていた。かわいい。

「そう暗い顔しないで。ほら、悪いこと起こらないようにお守りあげるから」

「お守りより、この羽根持っていってくれませんか？　あのでっかい羽根も」

「それはちょっと……鳥の恨みは買いたくないかなー」

同情的な顔をしているサフィさんは、羽根を渡そうとするとさらりと避けた。無理に押し付けようとすると、素早く立ち上がって夕食代をカウンターに置く。

「まあまあユイミーちゃん、もし何かあったら力になるからさ、落ち着いて落ち着いて。じゃあお守りとお金置いとくから。美味しかったよごちそうさまーまた明後日あたり来るねー！」

「サフィさん待っ……いや早っ」

ニコニコキラキラ笑いながら、サフィさんはあっというまにドアから出ていってしまった。綺麗に食べ終わったお皿と夕食の代金と、お守りとか言って置いていった不思議な色の石だけがカウンターに残っている。

逃げ足が早いというのも、迷宮で生き残っていく上では重要なのかもしれない。

ふうと溜息を吐きながらイスに座ると、テピテピーと心配そうな声が聞こえてきた。お盆を出してカウンターまで上げると、テピちゃんたちが心配そうにうろうろ、いやてぴてぴしながら私を見上げている。

「そこまで心配してくれるのはテピちゃんだけだよ」

「テピ」

「……羽根もらってくれる？」

一匹残らずすごい勢いで後ずさってプルプル震えられた。

翌日、テピテピといつも通りなテピちゃんたちを招き入れ、そしてしばらくして聞こえてきたコツコツという軽いノックに立ち上がる。

「……」

幅五センチほど、細く少しだけドアを開けると、ホロロー、と声が聞こえてきた。もちろん向こう側にいるのは、毎日通ってきている金銀のウズラっぽい鳥たちである。小さな頭をヒョコヒョコ動かしてこちらを見ていた。しゃがんで目線を近付けてから、持っているものを見せる。

「あのー、入ってくるのはいいんですけど、その前にこれ持って帰ってくれませんか？　なんか変な言い伝えにリーチかかってるので……」

サフィさんによると、何が起こるかはよくわかっていないらしい。そもそも財宝鳥と呼ばれるこの金銀ペア鳥も、昨日来たド派手なスジャークも、そしてまだ見たことない死の鳥も全て、この迷宮内でとてもレアな鳥だそうだ。スジャークは特に五〇年に一度くらい目撃情報があるけれど、素早いので近くに寄ることも難しいとか。

私は金の羽根を指で挟み、中に入ろうと隙間に顔を突っ込んできている金の鳥につきつける。

「あの……価値のあるものとか置いていかれると困るので……そういうことされるお客様はちょっと……」

金の鳥は、隙間から入ってこようとこちらに向かってガリガリ床を掻《か》いていた。ウズラっぽい見た目とは裏腹に、私が押さえているドアがじわじわと開き始めるほどに力強い。金の鳥の背後では、細長くなってこちらを覗き込んでいる銀の鳥が、ホロローホロローと鳴きながらこっちを見ていた。

「いや……入る前にこれ……持って帰って……っ」

本気の力でドアを押さえながら、金の羽根をクチバシの前に持っていく。しかし細いクチバシはそれを受け取ることをせず、ただホロローと言いながらぐいぐい店に入り込もうとするだけだった。

やがて、ドアが閉まるのを体で防いでいる金の鳥を踏み台にするように、その後ろからぴょんと銀の鳥が顔を覗かせた。それから上の隙間を通ってお店の中へと入ってくる。

「いやそれはズルいのでは⁉」

まだドアを押さえている私の周りを回って、銀の鳥がホロローウホロロローウと鳴く。その鼻先に羽根を持っていっても、スルーしてトコトコと私の周りを回っていた。床について反時計回りに私の後ろを通り過ぎ、膝にぴょんと両足で乗り、それからまた降りる。

ホロロー、ホロロロローウ、ホロッ、ホロロー。

気が付くと、私が入店を阻止しようとしている金色のほうも、銀の鳥に合わせて鳴き声を発している。ホロローホロローと周囲を回る音を聞いているうちに、私の意識はなぜか、どんどんぼやけていった。

『……者……新たなる訪問者よ……』

「え……？」

そっと揺り起こされて顔を上げると、草食動物の頭蓋骨に光る目がじっと見下ろしていた。磨いた床の感触が体全体に伝わっている。

どうやらうつ伏せに倒れているらしい。

「あれ」

『この場は眠りの場にそぐわぬ』

「あ、すいません。なんかいつのまにか寝てて……？」

果物かごを持っている魔王さんが、黒モヤの中から空いている手を差し出してくれた。それに掴まると、ぐっと引っ張って上体を起こしてくれる。

先程まで入店拒否の攻防をしていたはずなのに、しんとしてドアは閉まっている。財宝鳥たちの姿もない。一体何があったんだ、と周囲を見回すと、私が倒れていたところを囲うように、床に金銀の羽根がこれでもかというほどたくさん落ちていた。メタリックな輝きでキラキラしている。

脳裏にホロロー、と鳴く金銀の顔が浮かんできた。

あいつら、持って帰るどころか羽根を大幅に増やして置いて帰ったのだ。

「……鳥ィーッ!!」

思わず叫ぶと、魔王さんがちょっとビクッとしていた。


ひとしきり財宝鳥に叫んだのち、私が金銀ペアの財宝鳥に対する怒りをなんとかおさめ、それから立ち上がって魔王さんに説明した。

「………というわけでして。すみません、変なところをお見せして」

魔王さんは手を貸しながら黙って聞いてくれた。やさしい。魔王さん、意外と手あったかい。

私と魔王さんの足元には、メタリックな羽根が散らかっている。

ひとの店を散《しょくば》らかすな。あと高値なものを勝手に置いてくな。そう言ってやりたくても、財宝鳥たちは今日に限ってサッサと帰ったらしい。

『財宝鳥は相手を眠らせる声音を持つ』

「かなり迷惑なスキルですね……」

『財宝鳥の羽根は価値が高い。求むる者へ売れば多くの金貨が手に入るだろう』

「そんなにお金いらないです……」

ギラギラな床を見下ろしながらそう言うと、魔王さんが黒い手をスッと出して、爪の長い人差し指で緩く何かを指すような仕草をした。そしてその指をくるくると回すと、どこからともなく風が巻き起こり、床の上でつむじ風になった。軽い羽根がどんどんそれに巻き込まれ、やがて床を離れたかと思うと、一塊になって魔王さんの手のひらにおさまった。

「おお……!!　すごいですね!!」

思わず拍手する。なんかカッコイイ。魔術だろうか。

しかしメタリックなフワフワを差し出されたので私のテンションは下がった。

「……私、それいらないんですけど、あの、もしよかったら、魔王さんのほうで処分してくれたり……できませんかね？」

『既に汝の所有物となっている。正規の契約に基づき所有を放棄せねば手放せぬだろう』

「え、どういうことですか？」

魔王さんはもうひとつの手を出して爪先で一枚羽根を摘み、眺めてからそう言った。

人を眠りに陥らせてそのあとにバラ撒いただけの羽根にしか見えないけれど、何が見えているのだろう。首を傾《かし》げると、魔王さんがスッと私から離れて壁際に近付く。それから手のひらの上にある羽根を少し掲げるように腕を伸ばすと、その手のひらからゴッと勢いよく紫色の炎が噴き出た。

「おおー!!」

動物の頭蓋骨から見える目の色と同じ炎だ。ボワッと燃えた炎は一メートルほど立ち昇り、天井近くまでいった瞬間にパッと消える。ふわっと風を感じたけれど熱は感じなかった。

すごいとまた拍手する私の足元を、魔王さんは炎を出した手でスッと指した。

視線を下ろすと、ふわふわと飛んだ羽根が私の足元に集まって落ちている。その羽根はどれもギラギラに輝いていて、焦げたものはなかった。

「……」

『我が煉獄《れんごく》の焔《ほむら》を以《もっ》てしても滅することができぬ。所有者が定まったならば、いかな過程を経ても汝の手に戻るであろう』

「……」

私の周囲を囲うように落ちた羽根のサークルから、そっと足を抜いて移動する。それからカウンターに近い、魔王さんと距離を取った部屋の角へと移動した。

「すみません、もう一度やってみてくれますか?」

魔王さんは黙って、またクルクルと風を起こした。手にこんもり載った羽根をゴッと燃やす。羽根はその勢いに乗ってぶわっと飛び散り、それからふわふわと空気に流されながら、不自然な勢いで私のほうに飛んできた。私が逃げると、ふわーと進路を変える。私が移動することで起こった風に乗っているようにも見えるけれど、何十枚という羽根が似たような感じで付いてきたらそれはもうホラーである。私が歩いた道をなぞるように羽根が落ちて不気味。

あの鳥たち、派手だけど無害そうな顔をして、なんという呪いの品を勝手に人に装備させていったのか。

「……契約をして、これを引き取って貰うことは」

『汝が相応の望みを持たぬならば、我が金貨を対価に契約は可能』

「そうなりますよね……」

これを全部買ってくれるほどの財力がありそうな魔王さんのすごさは置いておいて、お金に変えるとなると確実にこの羽根よりは場所を取るし重くなる。私の心も重くなる。

「ちなみにこの羽根を対価にできそうな望みってどんなものがありますか？」

そう問い掛けると、魔王さんはクルクルと羽根を巻き上げながらしばし黙った。

『我が能力ならば、四肢のうち二つを完全に蘇《よみがえ》らせるのが相応と考える』

「す、すごいですね」

色んな意味で。

魔王さんがひとの手足を蘇らせる能力があるのもなぜか納得できるけどすごいし、それくらいすごいことでないとこのギンギラな羽根を引き取ってもらえないのもすごい。

手足のうちお好きな二本を失っても大丈夫なクーポンをゲットした、と考えても全然お得感がなかった。そんなクーポン使う機会、人生で永遠に来ないでほしいし。

「とりあえずこのまま保管することにしますね……」

『汝の選択は最良といえよう』

「ありがとうございます……」

魔王さんが集めてくれた羽根は、散らばると邪魔なのでタッパーに入れておくことにした。他に入れ物がなかったので百均で買ったごはんを入れるためのものである。

ふうと溜息を吐いた私を魔王さんが心配そう（に見えた気がした）な目で見ていたので、私は気を取り直していつもの上級南国果実Bとマンゴーを渡し、別に買ってきた高級マンゴーを切って魔王さんに出した。

魔王さんが勧めてくれたので私も一緒に食べた。美味しすぎて元気出た。

五　トロピカルとイヤな予感

美味しい果物と優しい魔王さんで癒やされたのも束《つか》の間《ま》、その日はかつてないほど賑わった。鳥で。

上等なクルミ（赤）を袋入りで買っていく緑色の鳥、大勢で詰めかけて穀物を共同購入し食べた殻を店内に散らかして去っていったスズメサイズの赤い鳥。カラスの尻尾を少し長くして体に白色の部分を入れたような鳥は、鳥肉のレンジ調理品をムシャァと食べて帰った。他にも金貨三枚相当の怪しげな仮面を足で掴んで帰っていく猛禽類《もうきんるい》や、出しっぱなしにしていた深皿の水だけグビグビ飲んで帰ったふわっふわなニワトリっぽい鳥に、さらにそこで水浴びをして床をびちゃびちゃにしたのち、小銀貨を置いて帰った中型インコほか多数。

掃除やら片付けやらでお昼ごはんタイムもろくに取れないほどだったし、コンコンと軽く硬いノックの音が聞こえるたびに身構えてしまった。

あと一種類、死の鳥と呼ばれる鳥の羽根が手元に集まると何かが起きる、らしい。

入ってくる鳥がそれっぽい種類ではないかと戦々恐々としつつ接客をこなすのは、前のバイトでお客の行列が途切れない時間帯よりもずっと大変だった。

テピちゃんたちは基本動き回っている私の周囲でアワアワテピテピしているだけだったけれど、隙間に入った穀物の殻を回収したり、拭き忘れた水滴を見つけたりといった活躍も見せてくれた。

来客に緊張している私をテピテピと労《ねぎら》ってくれる存在がいなかったら、もっと大変な一日になっていただろう。

「ありがとうございましたー」

オオグマのモモ肉燻製《くんせい》を口の中に入れた大きなペリカンっぽい鳥がのしのしと出ていくのを見送り、扉を閉めてから溜息を吐く。

今のお客様も羽根を抜かずに帰っていったという安堵《あんど》と、それから疲れに混ざって感じる空腹。

カウンターの内側に戻って椅子に座ると、足の裏がジンジンした。

「テピちゃんたち、晩ごはんにしようか」

「テピー！」

今日はいつになく動き回ったので、テピちゃんたちもお腹が空いたようだ。ヨッコラセと立ち上がり、冷凍庫からごはんを取り出してレンジに放り込む。レンジが鳴ったら次にホカホカになったごはんの代わりに冷凍ブロッコリーを入れ、ごはんの上に卵を割った。醤油と七味を振り、ブロッコリーにちょっとポン酢をかける。

「テーピッ」

「あ、ちくわの賞味期限が切れそうなんだそういえば」

「テピ？」

テピちゃんたちがウロウロするなかを通って部屋に戻り、うちの冷蔵庫から残ったちくわを持ってきてブロッコリーの横に置いた。

「よし完璧」

「テピ」

完璧に手抜きの夕食が完成した。

下準備する時間もなかったし、サフィさんもいないし、いつお客さんが来るかわからないわけだし、これくらい手抜きでもバチはあたらないはずだ。テピちゃんたちには卵がかかっていない白ごはんとブロッコリーの欠片《かけら》をあげて、私たちは黙々と食べ始めた。

白いムニムニした生き物が、ちっちゃい両手でごはん粒だのブロッコリーを抱えてもくもくと食べているところを見ていると癒やされる。口がどこでどう食べているのかわからないけど。

ちくわを齧《かじ》りながら存分にテピちゃんたちを眺めると、ちょっと気力が回復した気がした。

「よし、あとちょっと頑張るかー」

「テピー」

「もうお客さん来ないかもだしね」

「テピー！」

「テピちゃんたちも頑張ったし、金平糖食べる？」

「テピー!!!」

元気に返事された。小さい金平糖、よほど気に入っているらしい。

ビニールの袋を開けて一粒ずつ、パステルカラーの金平糖を渡していく。受け取ったテピちゃんは嬉しそうに私に抱きついてから、小さなトゲトゲをうやうやしく掲げ持っていた。

「みんな取った？」

「テピー!!」

「じゃあかんぱーい。テピー」

「テピーッ!!」

残った中から黄色い金平糖を摘んで言うと、熱い返事が返ってきた。

金平糖は食後のデザートとしては小さい一粒だけれど、小さく齧るとしっかり甘かった。

コンコン。

わいわい楽しんでいた私とテピちゃんは、その音に同時に動きを止める。

コンコンコンコンコンガチャリ。

ノックをする音が聞こえていたかと思うと、ドアノブが動いた。ギィと軋《きし》みながら開くドアの隙間から、とても明るいトルコブルーが見える。

曲がった大きなクチバシは黒。顔の羽が生えていない部分は白。水色の体に濃いピンクが混ざった、大きなオウムっぽい鳥が、ドアノブに乗って中へと入ってきた。

片足でしっかりとドアノブを掴み、片方の足はゆっくりと持ち上げられた。黒っぽい足の指が、自らの首元のあたりでモシャモシャと動く。

「コンニチワ～」

変に甲高い声が聞こえた。

「キタヨ～」

テピちゃんたちと顔を見合わせる。なんだか嫌な予感がした。

「……い、いらっしゃいませー」

トロピカルなオウムが、私の声と同時にドアノブを蹴ってバッと飛び立った。翼の内側がピンク色をしている。

テピちゃんたちがわっと逃げたあとのカウンターの上に着地したオウムは、大きな羽を何度か畳み直すように動かしてブルッと体を震わせる。頭と尾羽のあたりはピンク色だ。体のほとんどを占めるトルコブルーの羽が、ふかっと膨らんでから元のシルエットに戻った。

黄色い目の中に黒い瞳孔が浮かんでいて、それがジーッと私を見上げる。

「コニチワッ」

「……こ、こんにちは」

黒点のような瞳孔がキュッと小さくなった。

それから何も言わずに片足をゆっくりと上げ、先程していたように頭の辺りをモシャモシャと掻いている。

「……」

「ココデワキワキシタラ～、掻イテホシイッテコトデショ～ワカルデショ～。店員サン鳥カッタコトナイノ～？」

「えっ？」

「カイテ」

「ないです」

「アラ～。ココ、指デカイテハヤク」

自分で掻いていたのではなく、掻いてくれというポーズだったらしい。

今まで鳥とか飼ったことないのでよくわからないし、それを鳥本人に指摘されるという非常に奇妙な状況にいつのまにか陥ってしまっていた。甲高い声でハヤクゥ～と催促されたので、私は戸惑いつつも指を伸ばして鳥の目の下辺りを指でそっと掻いた。

「モットユックリ！　デモシッカリ！」

「あ、すいません」

「アーア～ソコソコ～」

指南されつつおっかなびっくり掻いていると次第にオウムの目がゆっくりと細められていった。

薄い色のまぶたが出てきて黄色の目が隠れていく。気持ちよさそうな声を出しながら撫《な》でてほしい場所を積極的に私の指に当てようとするので、最終的にオウムはこっちが心配になる程首をすごい方向に曲げながら撫でられていた。

「ヤッパリ人間ノ指ッテイイヨネ～」

「そうなんですか」

「ソウ。ワカッテルワ〜」

掻いていた側としては何もわかっていなかったのだけれど、満足してくれたようだ。オウムがもう一度体をブルブルッと震わせたので、私は手を引っ込めた。

「久々ニヨカッタ。チップ弾ムカラ〜」

「お、お代はいらないです‼　あと羽根もいらないです！　うちでは鳥の羽根は一切受け付けてませんから‼」

ピンク色の内側をチラ見せしながら、オウムが大きく曲がったクチバシを翼に突っ込んで何かを取り出そうとする。その動作に私は慌ててお断りした。

顔を上げたオウムが私をじっと見る。瞳孔がキュッと小さくなるのが見える。

「あの……本当にうちでは羽根を落とさないでください。お客様が死の鳥さんであろうが他のなんであろうが勘弁してください」

小さい瞳孔で私をじっと見上げたあと、オウムはゆっくりと翼を畳んだ。何か食べているかのように、艶《あで》やかで大きいクチバシを動かしている。その間から丸っこい舌が見えていた。瞳孔が大きくなったり小さくなったりしている。

いやなんか言ってほしい。

「失礼ですけど羽根だけは本当にお持ち帰りください……何かお望みのものがありましたらこちらの価格表から」

「コンニチワ〜死の鳥ダヨ〜」

「だと思ったよ‼」

脈絡なくすっとぼけた声で自己紹介したオウムに思わずツッコんでしまった。

「マジで羽根はやめてくださいほんとに本気で」

「死の鳥ッテイウケド〜、別ニ生物ノ死ヲ司ッテタリトカシナインダヨネ〜」

「本当に迷惑してるんであのメタリック鳥とかもう出禁にしたいし」

「意外トオモウカモダケドー、デモ死ヲ司ル存在ハサァ〜死神ガイルジャンネ〜」

「あ、そういえば確かに」

「誤解コマルワネ〜」

死の鳥は死をもたらすとか見ると死ぬとか言われているけれど、特に本人、いや本鳥？　にはそういう不吉な能力はないそうだ。

ただ、住んでいる場所が死の森と呼ばれる場所で、毒沼とか毒蛇とか毒キノコとか毒草とかとにかく猛毒なエリアなので、死の鳥を目撃した人は猛毒にやられて死んだりすることが多い。そのことから死の鳥と呼ばれていると説明された。本鳥はただ毒耐性が際立って高いだけの至って普通の鳥、だそうだ。どう見ても普通ではないけども自称ではそうらしい。

「ダカラ羽根持ッテキタンダヨネ〜」

「いやいらないって言ってるじゃないですか。受け取りませんし帰ってもらいますよ」

「ソンナコト〜イワナイデ〜」

クチバシでカウンターの天板をコンコンコンコンとリズミカルに叩いたオウムもとい死の鳥さんが、その姿勢のままでチラッと私を見上げる。

そんな普通のオウムみたいな顔してても羽根はいらない。何だったら他の二種類の羽根もまとめて回収していってほしい。

そういう気持ちで毅然《きぜん》と見つめていたら、死の鳥さんはスッと姿勢を正した。顔を横に向けて、片目でジッと私のほうを見つめる。三分ほどそうしてから、黒い大きなクチバシを開いた。

「大変ダワネ～」

「え？　何が？」

「特別ナ運命ヲ持ツ人間ハネ～色々ナコトニ～翻弄サレガチダワネ～人生山アリ谷アリ着信アリダヨネ～」

「え？」

「ユイミーちゃんネ～」

カウンターの上を歩いてきた死の鳥さんが、片足で私の手をワキワキと触りだした。

恐竜っぽさのある足が私の手の甲をワキワキしているのを眺めていると、驚くようなことを言われた。

「トッテモイイ魔女ニナルワネ～」

「は？」

魔女？

突拍子もない言葉に、私は眉を寄せた。この鳥、何を言ってるんだろう。

「いや魔女ってなんですか」

「運命ガネ～ミチミチ導イテルワヨネ～」

「いや私は普通の人間なんで」

「ダーイジョブダヨ〜、ダイジョブダイジョブ。人間、ソウヤッテ最初ハ抗イガチダカラネー」

「いやそういうのじゃなくて。そもそも魔女とか意味わからないし」

「魔女ッテ最初ハ死ニヤスイケドォ〜、ユイミーちゃんハ自分ヲシッカリ持ッテタラ〜ドノミチ〜ハッピーエンドヨ〜」

「死にやすいって何怖いんだけど」

ワキワキしていた足が、私の手の指をギュッと握る。その力は思っていたより強かった。

「仲良クシテアゲナクモナイワヨ〜」

「えっ、いや」

「ホントハ金貨二〇枚クライスルケド〜オ近ヅキノシルシニアゲルシ〜、予備モアゲルカラダイジョウブ〜」

「は？　いや羽根抜かないで！」

フンフンと楽しそうに言いながら、死の鳥さんはプチプチと自分の羽根を抜いてカウンターに置き始めた。翼の羽根と、尾羽、それぞれ何本か。

「ちょっと待っ」

「ジャー、ヨロシクッ‼」

「いやよろしくじゃないから‼」

「ガンバッテ‼」

「何を⁉　いや速ッ！　こら！」

私の手から逃れるようにしゅばっと飛び立った死の鳥さんが、あっというまに部屋を出ていってしまう。ジャアネー！　と言いながら外側のドアノブに掴まり、上手《うま》いこと羽ばたいてドアを閉めていったのがまた憎らしい。

「油断した……」

こうして私の手元には、無駄に高価な羽根不吉三種盛りが完成したのだった。

六　たくらんだとりたち

金銀メタリックな財宝鳥。赤くて派手で声の大きいスジャーク。そして水色とピンクが眩《まぶ》しい死の鳥。手のひらに乗るそれらの羽根を眺めていると、何かがズシッと背後に押し寄せてきた。巨大なサイズになった金の財宝鳥が、ホロローホロローと私を見下ろしている。押されて前に進もうとしたら、銀のほうが前からサンドイッチしてきた。

重い。そして暑い。

前後を挟まれているので横から逃げられないかとじわじわ動いていると、肩をグッと引っ張られた。巨大スジャークが私の肩をクチバシで咥えて「ヨキカナッ！」と叫んだ。

何この地獄。

羽根を握りしめて脱出を図るけれど身動きが取れない。

スジャークが咥えている肩と反対側の手首を誰かが握って、何か話しかけている。振り払おうにも体が動かない。

だれかーと声を上げたけれど、言葉もうまく出なかった。

けれど伝わったのか、大きな黒い影が近寄ってくる。

大鎌を持ち、黒いボロボロのローブのフードをかぶった頭蓋骨がカチャカチャと動いた。

「コンニチワ〜死神ダヨ〜」

「……うっ⁉」


ハッと目を開けると、そこは自分の部屋だった。

天井が斜めに見えている。閉めた窓の外から朝日が差し込み、鳥の声が聞こえていた。

どうやら夢を見ていたようだ。

「……暑い」

気温が上がったこともあり、冬用の布団と毛布では暑かっただろうか。いつになく寝相が乱れていて、斜めになっているため右肩と腕がベッドからはみ出していた。体が変に反り返っている。

ゆっくり体勢を戻してから起き上がって溜息を吐いた。

変な言い伝えのある三種類の羽根を全部押し付けられてしまったので、心配のあまり悪夢を見てしまったようだ。デカい鳥は圧迫感があったし、死の鳥の甲高い声を出す死神さんはかなりカオスだった。ノリは似ているけど、混ぜたらダメなふたりだ。

いや落ち着こう。

何かが起きるとはいえ、悪いこととは限らない。

いらないと言っている羽根をグイグイ押し付けてくるあたり、どんなことであれあんまり嬉しくないのは事実だけれども。まじょばちゃんのブレスレットがあるから、怪我とかそういうことはしないはずだ。怪我以外でもイヤなことは山のようにあるけども。

それにもし何かあっても、貰った羽根を売れば金銭面では心配はない。

むしろ多すぎて既に憂鬱だし、あの鳥たちを見てるとお金で解決できないことが起こりそうだけれども。

ダメだ、どう前向きに考えようとしても現実的なネガティブさが襲ってくる。

諦めてとりあえず起きることにした。冷蔵庫から水に浸していたオレンジ色の玄米を取り出して、炊飯器のスイッチを入れる。それから顔を洗って着替え、洗濯ものを集める。

シーツを剝《は》がそうとしたとき、枕元に三本の羽根が転がっていることに気が付いた。

金の小さな羽根と、赤くて長い孔雀《くじゃく》のような尾羽、そして水色の真《ま》っ直《す》ぐな羽根。

「……」

私はそれらを掴んで、壁にある古めかしいドアを開ける。

棚に置いたメタリックなものが入ったタッパーも、その上に置いてある水色メインの羽根が入った大きいジッパーバッグも、それらの手前にある大きくて長い羽根も、昨日置いた場所から動いていない。

「……」

ならばベッドの上にあったこの羽根は何。どこから出てきたの。

何もなかったことにしよう。

持っていた羽根を棚に置いて、私はまた自分の部屋に戻った。羽根よりもごはんだ。

「いらっしゃいませー」

買い物をすませてから迷宮《おみせ》へ行くとすぐにテピちゃんたちが来て、それから間もなく魔王さんも来た。昨日はありがとうございました、とお礼を言うと、コクッと頷いている。

果物屋さんイチオシだったビワをそれぞれひとつずつ剝いて食べてから、その残りといつものフルーツを持って魔王さんは帰っていく。ドアを開ける直前に、紫色に光る目が私のほうを向いた。

『新たなる訪問者よ』

「はい」

『…………汝に幸あれ』

黒いモヤに包まれた魔王さんが、また謎に包まれた言葉を残して帰っていった。

グッドラックってことだろうか。励ましの言葉にしては謎の間があったな。

この、羽根が揃ったタイミングでそんなこと言われるとなんだか不安だけど、関係ないよね。

はしゃいでいるテピちゃんたちからビワの皮を回収しつつ棚から目を逸《そ》らした瞬間、ドアのほうからコツコツと音が聞こえてきた。

「あっ」

私がドアに近付くまでもなく、ガチャガチャとドアノブが動いてドアが開く。外側のドアノブに並んで乗っていた金と銀の鳥が、バサササと羽ばたきながら店内に降り立った。

こいつら、とうとう自力で入ってきた。

ビワの皮を持ったまま見つめると、金色のほうが全身をふっくらと膨らませ、心なしかドヤ顔でホロロローウ、と鳴いた。

不吉だ。

バイトという立場から考えると、お客様を追い払うということはしてはいけない。けど、お金を払わないお客様はお客様といえるのだろうか。

ましてや、無駄に高価なものを押し付けて帰ったり、謎の技を使ってから高価なものを押し付けて帰ったりしている客である。

「……」

お帰りくださいって言いたい。

言いたいけれど、見方によっては実害というほどの被害でもない現状でそれを言うのはどうなんだろうか。でもドヤ顔で胸を膨らませている財宝鳥のペアを見ていると無性に言いたい。

とりあえずカウンターの上を片付け手を洗ってから戻ると、カウンターの天板の上にメタリックな二羽が乗っていた。立ってじっと私を見つめている。

「……いらっしゃいませ。お買い物ですか？」

一応声を掛けてみた。価格表を並べたけれど、これまで通り金の鳥も銀の鳥もそれに見向きもしない。ただ何か言いたげにじっと私を見上げている。

「あのー、三種類集まっちゃったんですけど、羽根。何が起こるのか教えてもらってもいいですか？」

棚を指しながら訊いてみるけれど、鳥ペアはホロローと鳴いただけだった。

わかってたけれども残念な気持ちになる。せめて死の鳥さんだったら会話ができたのに。コミュニケーションが成立するかは置いておいて。

「不吉なこととか嫌なことだったら困るので羽根回収していってほしいなーって」

ホロロー。

「というかそもそもあんなに大量にいらないので、全部持って帰るのが無理なら一枚だけに減らしてほしいというか」

ホロロローウ。

「スジャークさんのはなんかすごい効果あるみたいですけど、あなた方のも何か機能付いてるんですか？」

ホロッ。

通じない。一切合切通じない。

ただ、いつもは店内を好きに歩き回ったり棚の上で居眠りしたりしている財宝鳥たちが、今日に限ってカウンターの上でジッとしているのはやっぱり何かあるのではないだろうか。

まさか財宝鳥《ほんにん》が何かやらかすつもりなのでは。

じっと見上げる姿を警戒しながらしばらく見ていたけれど、お互いに見つめ合ったまま三〇分が過ぎたあたりで私は諦めて動くことにした。テピちゃんたちがビワの果汁を付けたまま隠れているのである。このままボーッと立って睨《にら》み合《あ》っていても何も起きそうにないので、私はとりあえず警戒はしつつ、他のことに取りかかることにした。

「テピちゃんたち、水浴びしようか」

「テピ……」

棚の一番下の段にあるカーテンをめくり、固まってプルプルしている集団を置いていたトレーごと持ち上げてキッチンへ向かう。お互いに身を寄せていたり、トレーを持つ私の手にきゅっと掴まったりしているテピちゃんたちは、キッチンに入って鳥たちの視線が遮られたところでようやくソロソロてぴてぴと動き始めた。

水を溜《た》めたシリコンの洗《あら》い桶《おけ》に、テピちゃんたちがぺいっと跳んではぽちゃぽちゃ落ちる。白い体に水をかけつつムニムニ揉んでから乾いた布巾に乗せると、テピちゃんたちはその上でコロコロと転がった。

いつもより念入りにゆっくり時間をかけてテピちゃんたちを洗ったのは、その間にカウンターにいる二羽が帰っててくれたらいいなという気持ちからだったけれども。戻ってみると財宝鳥は少しも変わらない位置にいた。現状維持のガッカリとホッとした気分を持て余しつつお店の掃除をしたり、商品のお手入れをしてみたりしたけれど、それもじーっと見つめるだけだ。

何か言いたいことでもあるのだろうか。

もしそうだとしても、ホロホロと鳴く声だけでは私は永遠に理解できない。せめて通訳として水色ピンクなオウムを呼んでほしい。

あれこれ動き回ってみたけれど、そもそもこのお店はやることが少ない。掃除もすぐに終わり、動き回っていたので足がちょっと疲れた。

カウンターのところに置いてあるイスをキッチンに運んで座るというのは流石に嫌味《いやみ》っぽすぎる気がしてやりにくい。覚悟を決めて、私は鳥たちのいるカウンターのところへ座ることにした。

サフィさんがくれたイスは、カウンターに合わせて座れるスツールタイプだ。背もたれはないけれど、座面の木材が良い具合に曲面を描いているので後ろにもたれたくなることもなく姿勢良く座れる。足を引っ掛けるところもちょうど良く、長い間座っていても疲れないので、ここのところは最初に置いてあったイスよりサフィさんに貰ったほうを使うことが多かった。密《ひそ》かにお気に入りなので部屋に欲しいけど、うちはローテーブルにラグ直《じか》座りでベッドのフチを背もたれ代わりにしているごく一般的な女子大生の一人暮らしなので、スツールとかあると浮く気もする。

魔術で出していたイスだしやっぱり買うと高いだろうか、と考えていると、カウンターに軽く載せていた手になにかフワッとしたものが触れた。

鳥胸である。

黒縁の鱗のような模様をした金の鳥胸が、フカッと私の手の甲に触れていた。

「……」

見ると、わずかに開いた小さいクチバシからホロローと音が漏れる。

「……」

反対側の手にもフカッとした鳥胸が触れた。こっちは銀色である。

ギラギラとメタリックな見た目とは反対に、ふっくらした曲線を描く財宝鳥の羽は非常に柔らかく気持ちいい感触をしていた。ふわふわで毛の流れに沿ってすべすべしていて、そしてわずかに温かい。

魅惑の触り心地に撫でたいとちょっと思ったけれど、我慢して手を移動させた。するとテクテクと鳥の足が動いて、またフカッと私の手に触れる。移動させる。今度は手首のところに遠慮なく乗っかってきた。左右に鳥を乗せた状態で戸惑う。カウンターに移動させようとしても、しっかりと手首に掴まって降りる気はなさそうだった。

「いやいや……あの、降りてほしいんですけど」

私がそう言うと、鳥たちは確かにお互いに目配せをした。そして同時に、ホロローウと鳴く。

ホロロローウ、ホロローと声が響く。

あ、これヤバいやつでは。

デジャヴを感じて慌てて逃げ出そうとするけれど、足が立ち上がらない。手も振り払えない。ホロローホロローという声がサラウンドで聞こえてくる状態で、やめろと言いたいのに口を開いて出てきたのはアクビだった。大きく息を吸って、その拍子に目を細めてしまい、そのままぶたの重さに耐えられなくなる。

こいつら、また人に謎の睡眠技をかけようとしている。

「ちょっと……やめ……」

そう思ってもどうにも抗《あらが》うことができず、私は眠りについた。


どれくらい経《た》っただろうか。

テピテピテピテピと小さな囁《ささや》きのような、動いているような音が聞こえる。

目を開けると、世界が横向きだった。カウンターに載せた両腕に顔を載せる形で、うつ伏せになって寝ていたようだ。かなり熟睡した後のようなスッキリ感と、体の軋みを感じる。

「テピー!」

「……テピちゃんたち、あの鳥は?」

「テピテピー!!」

体を起こすと、何匹かのテピちゃんがコロコロとカウンターに転がった。見ると私の腕の上や、腕で囲った空間のあたりにテピちゃんたちがぎゅっと集まっていた。私は鳥に眠らされていたというのに、テピちゃんたちは一緒に昼寝としけこんでいたらしい。

財宝鳥の姿はない。今回はありがたいことに、無駄に散らばるメタリックな羽根もなかった。

結局何がしたかったんだ、と思いながら体の凝りをほぐそうと腕を上げると、積み重なっていたテピちゃんたちが崩れた。

その体の間に何かキラッと光ったものがある。

「……」

テピちゃんたちを持ち上げて横へのけていくと、ギラギラにメタリックな色をしたものが三つ現れた。

金色、銀色、そして金色。見た目は卵形である。

というか、卵である。どう見ても。

「……托卵《たくらん》すんなー!!!」

遠くでホロローと鳴く声が聞こえた気がした。

七章　ねらわれたまご

一　金と金と銀

財宝鳥のオスは金色、メスは銀色の羽を持つ。そこから考えると、金色の卵からは金の羽を持つオスが、銀色の卵からは銀の羽のメスが生まれる仕組みだろうか。卵の時点でオスメスわかったらひよこ鑑定士の出番がないな。

艶々と、まるで塗装されたようにメタリックな三つの卵を眺める。

と、その卵がゴロリと転がった。眠そうにのろのろと動いているテピちゃんたちに当たったのだろうか、白い集団の間をゴロゴロ縫って、あっというまにカウンターのフチまで転がり、私のいるほうへと落ちようとしていた。

「おっ……」

床へまっしぐらする銀の卵を右手でキャッチする。

「とぉっ……」

続けて落ちてきた金の卵は左手で。

「ムッ……」

最後の卵は手が足りず、腕をクロスさせてそこと鳩尾《みぞおち》で受け止めるけれど、その卵の重心が安定しない。

「ムリッ……」

落ちる。

腕を動かしつつ膝から崩れ落ち、私は仰向《あおむ》けに倒れた。背中と太ももと頭とお尻が無事だったのは、確実にまじょばちゃん特製ブレスレットをしていたおかげだ。

正座で仰向けになったような体勢の私の上で、卵がゆっくりと胸の間を通って鎖骨で進路を変える。肩と首に挟むようにキャッチできたのを感じた。

天井を正面に見る視界で、テピちゃんたちがポトポトと落ちてくるのが見える。お腹《なか》や腿《もも》にマシュマロを落とされたような感触がした。

「……」

何この状況。

両手に卵を持ち、さらに傾けた首と肩でもうひとつを挟みつつ、私は人生について考えた。

「テピーッ！」

私が作業するそばで、テピちゃんたちがウロウロテピテピしている。集団の半分くらいは、卵を中心として転がらないように三六〇度を覆い、テピテピと私を見上げたり卵を見つめたりしていた。

溜息《ためいき》を吐《つ》く。卵を落とさないように抱えて、私は起き上がった。

「……とりあえずこれでいいか」

「テピー！」

お店の冷蔵庫にも、卵は常備されている。もちろん普通の鶏の卵だけど、その卵が入っている紙製の容器は使えそうだ。私は冷蔵庫からパックを取り出し、蓋を鋏《はさみ》で切り取って台座を作ってみた。

カウンターの上でテピちゃんたちにおしくらまんじゅうされているギラギラ卵をひとつ取り、紙製のパックに入れる。

サイズが若干合わない。

「……」

成長した鳥は鶏よりも小さいのに、卵は鶏のものより少し大きいようだ。

大きいほうを入れようとするとパックに入らず、反対に向けて小さいほうだと入った。紙パックの中でギラギラ光る卵を眺めて、私は首をひねる。

「卵……逆さまにしていいのかな……」

「テピー……」

「ていうか温めるべき？」

「テーピ？」

流石《さすが》に茹《ゆ》でるわけにはいかないだろうし、とりあえず布巾をかける。

熱源が足りない気がする、と思いつつ見ていると、テピーと声を上げたテピちゃんたちがその紙製パックをよじ登ってメタリックな卵たちにくっつき始めた。テピ、テピ、と次々にくっついていくので、最終的にはメタリック卵が見えないくらいに山盛りになる。卵、割れないだろうか。テピちゃんたちは軽いから大丈夫か。

「テピちゃんたち、ちょっと見ててくれる？　何か入れ物ないか探してくるね」

「テーピー……！」

どうやらテピちゃんたちは、先程も一緒に昼寝をしていたわけではなく、卵を温めて？　いてくれたようだ。食用以外の卵の扱いなんて全くわからないので、手伝ってくれるのがありがたい。

「……いや、そもそもなんで私が面倒見る前提？」

カウンターの上にあったスマホでググりながら、根本的な疑問が浮かんできた。

あの鳥たち、哺乳類に托卵《たくらん》してどうするつもりなんだ。失敗する確率のほうが高いだろうに。片手で「卵　かえし方」などと検索しつつ、私は店のドアを開けた。ぼよんと弾かれそうになって、顔を出して外を覗《のぞ》くのを諦める。

「こらー！　財宝鳥ー！　卵、取りに来ないとどうなっても知らないからー！」

通路は誰もいないように静まり返っている。しばらくドアを開けて待ってみたけれど、なんの気配もしないので諦めた。

そう言ったものの、本当にどうなっても知らんぷりするというのは難しい。寝ている腕の間に産みつけていくとか、どう考えても私をアテにしているのだ。有精卵ではないかと思うと、割って玉子焼きにして食べてしまうというほど無情にはなれない。メタリックで全然食欲湧かないし。

「保温……湿度も関係するの？　いやそもそも部屋の湿度今何パーセント？」

あのギラギラペア鳥の思惑通りになるようで非常に、非常に癪《しゃく》だけれど、子に罪はないし。

ホロローと鳴くあの二羽については一旦忘れてスマホをスワイプしていると、コンコンとドアがノックされた。私はすぐにドアノブを握る。

「財宝鳥！　早く卵持って帰って……」

相手を確認せずに喋《しゃべ》っていた私の言葉は、途中で途切れた。

ドアを開いた先にいたのは財宝鳥ではなく、巨大タマゴだったからだ。

私よりも背の高い巨大タマゴに、顔がついている。

「……」

「おい、早く案内しないか。客だぞ」

私が黙ったまま凝視していると、卵についた顔がジロッと私を睨《にら》んだ。

「……い、いらっしゃいませー」

横柄なタマゴに急《せ》かされて、私は一歩下がって道を譲った。タマゴに生えた足が、店の中に踏み込んでくる。靴を履いているその足を眺めながら、私は中学校の英語の授業を思い出していた。

ハンプティダンプティさん、ご来店。

「グズグズせずにさっさともてなせ。私は客だぞ」

「すみません。お求めの商品はお決まりですか？」

「当たり前だ」

タマゴなお客様は全体がほんのりと茶色で、そのてっぺんは私の頭よりも少し高いくらいだった。手足が生えているので、タマゴ自体の大きさはそれほど大きくはない。といっても、ドアの横幅ギリギリのサイズだったので、私が今までに見たどのタマゴよりも巨大だ。

タマゴのてっぺんに金色の帽子をかぶり、ヒョロ長い手には上等そうなグリーンのジャケットを羽織っている。タマゴの下半分にはピッタリのズボンをはいていて、茶色い革靴はピカピカ。

タマゴの上側には、誰かが落書きしたような、平面だけどリアルな顔がついている。太い眉に目と鼻、そして口髭《くちひげ》に唇。そんな平面な眉を顰《ひそ》めるように動き、目が私を見下すように見つめるのがアニメみたいで不思議だった。

「ボーッと突っ立ってるんじゃない。茶とタバコを寄越《よこ》せ」

私はカウンターに戻り、価格表に目を走らせた。商品一覧に「タバコ」の項目はない。

「申し訳ありませんが、タバコは取り扱っていません」

「はっ、意地汚いやつだ。これでいいんだろう？」

タマゴはジャケットの内ポケットに手を入れると、取り出した金貨をカウンターに放り投げた。

さっさと用意しろ、とぞんざいに言う。どうやら、サービス料金を払わないからタバコを出さないと勘違いしたらしい。もしそうだとしても、随分と態度が悪い。

見た目は丸いしコミカルだけど、だいぶモンスターなカスタマーが来てしまった。

「お茶はご用意できますが、タバコはないんです」

「そんなはずはない。前はあったぞ」

「店内で見たことがないので、取り扱いをやめたんだと思います。すみません」

私が頭を下げると、タマゴは「役立たずめ」などとぶつぶつ呟《つぶや》く。それから部屋の端に置いてあったサフィさん用の椅子を勝手に引っ張ってきて、カウンターの前に座った。天板に肘をついて頬《ほお》杖《づえ》っぽいポーズをとりながら、投げた金貨を指す。

「まあいい。本当に欲しいものは別だ。財宝鳥を出してもらおうか」

「財宝鳥ですか？」

「出入りしている話は聞いている。どう捕まえたのか知らんが、放し飼いしてるんだろう。言い値で買うから早く寄越せ」

財宝鳥は確かに最近、うちの店に頻繁に出入りしていた。このタマゴのお客様はそれを目撃して、外から店に通っているのではなく、店から散歩しに出かけていると思ったらしい。

「あの、誤解です。財宝鳥はお客様……でもないんですけど、用があってうちに来てただけで」

「一生に一度見かけるかどうかの希少な鳥が理由もなく何度も出入りするわけないだろう！　隠しても無駄だ！　私が買うと言っているのだぞ！」

財宝鳥をどうしても手に入れたいらしいタマゴは、カウンターを叩《たた》いて声を荒らげる。その手がテピちゃんたちと卵に当たりそうだったので、私は避難させようと紙のパックをテピちゃんたちごと持ち上げた。その動きで上に載っていたテピちゃんたちがころころと落ちてしまい、メタリックな卵の一部が見えてしまった。

巨大タマゴに書いてある目がそれを目ざとく見つけたのに気が付いて、私はしまったと後悔する。

「おい！　それは財宝鳥のタマゴじゃないのか⁉　さっさと寄越せ！」

カウンターからこっちに乗り出しそうな勢いで叫ぶ巨大タマゴに、私はテピちゃんたちごと紙パックを抱えて一歩下がった。落ちなかったテピちゃんたちが、卵を守るようにメタリックな殻にしがみついている。

「申し訳ありませんが、この卵は商品じゃないので売るつもりはありません。お引き取りください」

「話のわからないやつだな。金貨が足りないのか？」

テーブルにさらに三枚金貨が追加された。典型的な成金ムーブである。私は一旦キッチンへ引っ込んで卵とテピちゃんたちを見えないところに置いてから、もう一度頭を下げた。

「いくら積まれても売りません。申し訳ありませんがお帰りください」

「強情な……まあいい、気が変わるまでここに居座ってやる」

「いえ、だから売らないんですけど」

のっぺりした顔を歪《ゆが》めたタマゴは私の言葉を無視して、カウンターに散らばった金貨を懐にしまい直した。眉を顰めながら商品価格表を開く。

「ここからここまで買おう。さあ、用意しろ。私は客だぞ」

「……」

お金があり、商品の在庫もあるなら、売るしかない。

私は「少々お待ちください」と告げて、商品を用意することにした。

二　たまごのゆくえ

品物を買わなかったり、羽根を押し付けるようなお客様でも、まだマシなほうだったんだなあ。

私はそう思いながら、三度目の注文を受けた。

「次はここからここまで、そして財宝鳥の卵だ」

「お客様、何度も言ってますが卵は」

「ああ、急ぐ必要はないぞ。私は心が広い。財宝鳥の卵を売る気になるまで待ってやる。先に他の商品を用意しろ」

巨大タマゴのお客様は、大量に注文したものを確認すると、きちんと代金を支払う。しかし、おつりを渡したらそこで終わりにはさせてくれなかった。

財宝鳥の卵を寄越せ、寄越さなくてもまだ買うものがある。

そう言ってカウンター前に居座ったまま、またゆっくり価格表を眺め始めるのだ。そうなると三〇分以上は居座るので、もう私は注文の声がかかるまでキッチンに引っ込むことにした。体も態度も巨大なタマゴのお客様が注文するのをぼーっと待つよりも、今晩の夕食のカレーを準備したい。

「テピ……」

玉ねぎを転がして運んでいたテピちゃんたちが、心配そうに私を見上げる。

「大丈夫大丈夫、そのうちお金がなくなって帰ってくれるよ。卵も渡さないから」

「テピ！」

むにむにと撫《な》でると、テピちゃんたちは元気になっててぴてぴ動き回った。

このお店の商品は高い。迷宮《ダンジョン》の最奥で強いひとたちが住み、希少なものが手に入るエリアなので、お店の商品の価格も他より高くなっているのだ。

価格表には、金貨何枚と記されている商品も多い。今は気前よく払ってくれているけれど、すぐにお財布が空になるはずだ。むしろ、今まで一度も売れていなかった商品を端から買っていってくれているので、お店としてはありがたいぐらいだ。

いっぱい黒字になったら、金一封出ないだろうか。

私も最初の頃は、そう呑気《のんき》に考えていたのだけれど。

「おい、注文するぞ。次はここからここまで、金は自分で取れ。金額以上に取るんじゃないぞ」

じゃらり、と置かれた袋を見て私はちょっと考えを改めた。

もう、商品項目の半分ほどを売っている。大小様々なものを含めて、お店の床にはいろんなお買い上げ商品が並んでいた。商品を陳列していた棚も随分すかすかになっている。

それなのに、まだこんなに金貨が残っている。

「足りなければ、これも使うといい」

ポケットから取り出されたのは、さらにもう一袋。緩んだ口から見えているのはもちろん、ピカピカに輝く金貨だった。

ハンプティダンプティ、めちゃくちゃ金持ちだった。

こんなに惜しみなく金貨を出してくるのは魔王さん以来である。もしかしてこのひとも、見た目によらずものすごく強いひとなんだろうか。タマゴだけど。でも、強くてお金を稼げるなら、羽根が高く売れる財宝鳥をわざわざ手に入れる必要はない気がする。

「うーん……」

お肉を炒《いた》め、野菜と一緒に煮込みながら考える。

タマゴのお客様が来店して、そろそろ五時間。流石に居座りすぎだ。お店の商品を買ってくれるとはいえ、ずっと財宝鳥の卵を狙われているのも困る。あと、お昼を食べる時間がなかったのでお腹が空《す》いていた。ずっと相手をしているわけにもいかないのだ。夜になればサフィさんだってやってくるだろうし。

売上的にはかなりのお得意様になってしまったけど、追い返していいものだろうか。

「テピ！」

「ん？」

テピテピ、テピ、テピー！

テピちゃんたちが一生懸命何かを伝えようとしているものの、ジェスチャーがただ手をピコピコさせてるだけに見えて、かわいいことくらいしか伝わってこない。

「なんだろう……ごめん、よくわかんないんだけど」

「テピ……テピ！」

私が謝ると、テピちゃんたちはちょっとしゅんとしたのち、一匹が前に進み出て片手を挙げた。

「テピテピ、テピッ！」

テピちゃんはピコピコしたのち、両手を上に伸ばして、それから勢いよく振り下ろす。

てっ。

テピちゃんたちの謎な行動を見つめていると、てっ、と聞こえた瞬間に、何かが出ているのに気が付いた。

灰色の小さい綿毛だ。

ふわーっと不規則に動きながら浮かんでいく姿に、そんなイメージが浮かんだ。直径一センチにも満たないような、薄灰色のふわふわした何かが「てっ」の瞬間にテピちゃんの手の間から出ているように見える。空中に現れたそれは、ごく軽いホコリか何かのように、ふわふわと揺れて移動した。

ホコリ、なんだろうか。キッチンからお店のほうへ、お店のほうへ飛んで行こうとする灰色の綿毛を、私は手を伸ばして掴《つか》んだ。すると手のひらにパチッと静電気のような感覚がする。

「いたっ」

「テピー!!」

テピちゃんたちはアワアワとパニック状態になった。動き回ってシンクに落ちないようになだめつつ、手のひらを見る。

「テピ！」

「今なんかパチッときたよ」

「テーピー!!」

手のひらを見せるように近付けると、テピちゃんたちがくっつく勢いでそれを眺めにきた。じーっと見つめているのは、怪我《けが》していないか確かめてくれているのかもしれない。

テピちゃんたちはワタワタと動きながら私にしがみついたり、お店のほうへまた「てっ」をやろうと試みたりしている。再び飛んだ灰色の綿毛を握ると、テピちゃんたちはまたテピーッと騒いで私に抱きついた。

もしかして、テピちゃんたちなりにあのふてぶてしいお客様を追い返そうとしているのだろうか。

「あの、テピちゃんたち？　この『てっ』てするのはやめとこうか。一応お客様だし」

お客様に突然攻撃なんかしたら、こっちのほうが悪者になってしまう。いくら帰ってほしいとはいえ、お店としてそれはダメだ。やっぱり説得して穏便に帰ってもらおう。私はテピちゃんたちにキッチンで大人しくしているようお願いしてから、カウンターのほうへと戻った。タマゴののっぺりした目が私を見る。

「おお、そろそろ呼ぼうとしていたところだ。では、次はここから……」

「お客様」

私は背筋を伸ばして立ち、真顔でタマゴのお客様をじっと見つめた。

「もう充分お買い上げいただいたと思います。どれくらいお金を使っていただいても、財宝鳥の卵は絶対に、絶対に売りません」

はっきりゆっくりと喋って、のっぺりしたタマゴの顔をさらに見つめる。

このお店で働いているのは私なのだ。テピちゃんたちに攻撃させてしまう前に、私が動かないといけない。

迷宮という私の常識とはかけ離れた世界で、知らないこともいっぱいあるし、私ひとりじゃ手に負えないようなことも山ほどある。でも、だからといってテピちゃんたちや魔王さんやサフィさん、親切な人たちに助けてもらってばかりになるのは違う。

こんな職場だとは想像もしなかったけれど、バイトを引き受けたのは私だ。胸を張ってお給料を受け取れるように、私にできることは私がやる。

頭を下げて、私は最後のお願いをした。

「どうぞお帰りください」

「……黙っていれば調子に乗って、この小娘め！」

顔を上げると、タマゴのお客様が顔を赤くして怒っている。文字通り、茶色かったタマゴの殻が赤くなっていた。怒りの表現方法までなんだかマンガっぽい。

「知ってるんだぞ!!　今でこそこんなゴミみたいな値段で商売しているが、最初に随分儲《もう》けただろう！　あれは誰のおかげだと思ってるんだ！」

「魔王さんのおかげっていうか、あれは私のうっかりミスです」

「金貨も財宝鳥も独り占めする気だろう!!　そんなことは私が許さないぞ!!」

「いえ卵は預かってるだけですし……っていうか、なんで私が魔王さんをぼったくってしまったことを知ってるんですか？」

「知っているに決まっている！　お前もどうせ金目当てでここに来たんだろう！」

お前「も」。つまりこの人も、金目当てでここにいるらしい。

この人は、魔王さんが金貨を払ってでも果物を買いに来ることを知っていた。ここがぼったくり価格で商売していたことも。そしてこの人は、ここの商品を買い占めできるほど金貨を持っている。私はふとその理由に思い至った。

「……もしかして、あなたが私の前にここで働いてたひと？　ものすっごいぼったくりをしてクビになったっていう」

「ぼったくりではない！　こんな場所で商売してやってるんだ、正当な見返りを上乗せしただけだ！」

「いや完全にぼったくりでしょあれは」

特に理由もなく、私の前にバイトしてたのも人間だと想像してたけども。

まさか人間じゃなかったなんて、しかもこのタマゴっぽいこのひとが働いていただなんて。アルバイトの募集、世界を跨《また》いで告知されていたんだろうか。迷宮すごい。

「私が引き受けなければ、誰もここで商売なんかしようと思わなかったはずだ。危険な場所で働く分、報酬をもらって何が悪い」

「悪いからクビになったんでは？　ポヌポヌ犬さんたちも困ってたんですよ。あとそんなにぼったくってたんだったら、別に財宝鳥の卵はいらないでしょ」

「馬鹿を言うんじゃない。生活するのにどれだけ金が必要だと思ってる。財宝鳥さえ手に入れば死ぬまで贅沢《ぜいたく》できるんだぞ」

「今日みたいに無駄遣いするからお金かかるんじゃ……」

ダメだこのひと。見た目がコミカルなタマゴのくせに、お金にガメツすぎる。身に着けているものも高そうだし、日頃から贅沢を満喫しているのだろう。私がお店のオーナーでもクビにする。そもそも、どういうコネでここのバイトに入ったんだろう。

魔王さんからぼったくった金貨八〇枚で胃がキリキリしている私からすると、全く別の人種に見えた。いや別の人種っていうか文字通り別世界のイキモノだけども。

「とにかく、大人しくあの卵を寄越せ。金が欲しいわけじゃないんだろう」

「いえとにかく帰ってください。お買い上げありがとうございました」

私がしっしっと追い出そうとすると、のっぺり顔のタマゴは怒りに震えるようにヒクヒクと口を歪ませた。

「……黙って聞いていれば……人間め、私に対してよくそんな口を聞けたものだな」

タマゴが立ち上がり、ジャケットの襟を正す。

「いいのか？　私は最上級の魔道士を雇ってるんだぞ。お前をどこまでも追って、呪いで苦しませてやる。故郷に逃げ込んでも逃げきれないのは知っているだろう」

私は口を閉じた。私が知っている魔道士といえばサフィさんだ。不老不死のヴァンパイアで、魔力も多いサフィさんは魔道士の中でも強いと言っていた。サフィさんのような魔道士を雇っているなら、私になにか攻撃をしてきてもおかしくはない。

けれど、逆にいえばこの人、魔道士を雇えなければ何もできないのでは？

この辺に住んでいるひとたちは、誰かを雇って戦うなんてしていない様子だ。魔王さんは自分の指から謎ビームを出せるし、ポヌポヌ犬さんは自在に壁や天井を歩けるのだから戦いにも有利だろう。サフィさんはむしろ雇われる側の魔道士だし。

このタマゴは目も光ってないし、魔道士でもない。ひょろっと生えている手足も、力が強そうには見えない。だとしたら、本人はそれほど強くないのでは。

「その雇ってる魔道士はどこにいるんですか？」

「すぐ近くにいる！　私が呼んで命令しさえすれば、お前なんか一発だ！」

だから早く卵を売れ。

この期に及んでそう主張するタマゴのお客様に、私は流石にうんざりした。話が通じない上に脅してくるようなお客様は、いくらお金を積まれてもお客様扱いしたくない。

私は息を大きく吸って、巨大タマゴをまっすぐ見つめて言った。

「お客様。出禁にさせていただきます！」

宣言してから、バイトの私が勝手に決めていいことなのかちょっとだけ不安になった。だけど、このお店を任されているのは私ひとりなのだ。確かに財宝鳥の卵はいきなり置いていかれて困ったけど、だからって知らない相手に渡そうとは思えない。それに、無理だと言っているのにしつこく居座るお客様は、他のお客様にとっても迷惑だ。

このお店はいろんなお客様が来るけれど、ほとんどがすごくいい人たちだ。お店に慣れてない私の接客でも怒らずに見守ってくれた。だから、このお店のいい雰囲気を私も守りたい。

「今すぐ出ていってください」

外に運び出すところまでは手伝いますから、と私が言うと、タマゴのお客様はまた赤くなってプルプルし始めた。

「私を馬鹿にしたなッ！　もう許さんぞッ！」

「わっ」

腕を振り上げて、タマゴがこちらへ向かってこようとした。……けれど、お腹のあたりがつっかえてカウンターの中に入れず、ただゴリゴリ音を立てながら怒っているだけになった。

うーん、あんまり怖くない。だけど、帰ってもらわないと困る。

「テピッ！」

「あ、テピちゃんたち」

いつもはお客様がいると引っ込むテピちゃんたちが、キッチンからわらわらと出てきた。私の後ろに隠れながらも、テピテピと一生懸命訴えている。

「テピピテピー！」

私の足の甲に乗ったテピちゃんが、てっ、と例の動きをして、それから私を見上げる。

「いやだからその謎のやつは……ん？」

私の靴下をくいくい引っ張り、そしてもう片方の手で怒ったタマゴがいるほうを示す。それからまた、てっ、をやって私を見上げている。

「もしかして、私にそれやれって言ってる？」

「テピ!!」

「テピー！」

「えぇ……なんで」

テピちゃんたちは集まって、早くやれと言わんばかりにテピテピ騒いでいた。タマゴはまだカウンターを乗り越えようと必死に足掻《あが》いている。

てっ、をやったら追い払えるのだろうか。

私、テピちゃんとは違って普通の大学生だし、別に灰色の綿毛とか飛ばせないんですけど。

しばらく迷ってから、私は覚悟を決めた。ずっとこのままの状況でいるわけにもいかない。もし「てっ」に何の効果がなくても、どのみちあのタマゴを店外へ押し出さないといけないのだ。大きな体を押しやる前に、テピちゃんたちのリクエストにお応えしてちょっと腕の運動をするくらい簡単なことだし。

両手を上げ、怒っているタマゴのほうを向く。こっちに向かって文句を言っているタマゴに対して、私は両手を振り下ろした。

「……てっ!!」

ちょっと恥ずかしい。ここに誰か知り合いがいたら、恥ずかしくてもっとためらったかもしれない。なんとなく気まずい思いをしながら腕を下げると、急にタマゴのお客様が叫んだ。

「うわあああ!!」

「えっ」

カウンターの端からこちらへ入ろうとしていた巨大なタマゴが、反対方向へとごろんごろん音を出しながら転がっていく。

なんで急に。バランスを崩したんだろうか。私の「てっ」でびっくりしたとか？

ゴロゴロ転がった巨大タマゴは、置いてあったお買い上げ品をなぎ倒しながらそのまま背後の壁にゴンとぶつかり、そしてゴロッと楕円《だえん》に転がる。手足がついている割に、ニワトリのタマゴみたいにスムーズに転がっていた。

「あのー、大丈夫ですか？」

一応声を掛けながら、私はカウンターの向こう側へと出る。転んだところ申し訳ないけど、そのままゴロゴロ転がして外に追い出すチャンスだ。近寄ると、タマゴのお客様は起き上がろうと手足をジタバタさせている。タマゴフォルムは起き上がりにくいらしい。

「お、お前！　許さないからな！　早く手をかせ！」

「大丈夫そうですねお客様。ではそろそろお帰りいただいてよろしいでしょうかー」

「無視するんじゃない！」

タマゴなので割れてないかちょっと心配になったけれど、元気そうだ。なら心置きなく外まで転がしていける。

私が巨大タマゴ転がしを始めようとまた一歩近付くと、今度はドアが勢いよく開いた。開いたドアの外から、強い風が店内に吹き込んでくる。

「わっ」

風の強さに思わず顔を背け、再びドアのほうを見ると、そこには黒いモヤが浮かんでいた。

「あれ？」

ドアの枠を覆い尽くすほどの巨大な闇。そしてその上のほうには、草食動物の頭蓋骨めいた頭部がある。

魔王さんだ。

今日はもう買い物に来たはずなのになんでここに、と問いかけようとした瞬間、店に入り込んできた闇色のモヤから、千手観音みたいに腕が大量に出てきた。その腕の全てがさらに長く伸び、転がっている巨大なタマゴを捕獲した。

「なんだ⁉　う、うわっうわあああああ‼」

再び悲鳴を上げたタマゴが、あっというまに引きずられていく。そしてたくさんの黒い腕はタマゴを掴んだまま、ドアの手前に立った魔王さんのモヤの中にスッと消えていった。腕が黒いモヤに入ったと同時に、タマゴの悲鳴も聞こえなくなる。

……えー。

なんか、消えたんですけど。ものすごくでかいタマゴがあっさり消えたんですけども。

ボロボロの黒布をはためかせながら浮いている魔王さんは、しばらくしてから周囲に漂う黒いモヤを少し縮めさせた。いつものサイズに戻った魔王さんがゆっくりと店内に入ってくる。

何をどう言えばいいのか迷っていた私に、紫の光がじっと降り注いだ。そして雷鳴のような低い声が響く。

『然《しか》るべき処《ところ》へ送ったまで』

然るべきところか……じゃあ送られて然るべきなのかな……タマゴのひと、ちゃんと生きてるんだろうか……あのモヤの中どうなってるのかな……

「えーと、あの、申し訳ないんですけど、ここにある商品もさっきのお客様のものなので、一緒に然るべき処に送っていただけますか？」

魔王さんはしばらく動きを止めたあと、また黒い腕をいっぱい出してお買い上げ品を全てモヤの中に取り込んでくれた。魔王さんの圧倒的な吸引力は凄《すさ》まじく、あっというまにお買い上げ品が吸い込まれて闇に消えてしまう。ものの数秒で店内はすっきり片付いてしまった。

「あの、ありがとうございました」

『道理に従ったまで』

「あれ⁉　ユイミーちゃんどうしたのー？」

「サフィさん」

開けっ放しだった通路に、突然サフィさんが出現した。

「お腹空いたから早めにごはん食べよーと思って来たら……何かあったの？」

何もない店内を不思議そうに見回すサフィさんに、私は今までのことを話した。迷惑タマゴを魔王さんが吸い込んで今に至ると話を締めくくるとサフィさんが唇を尖《とが》らせて不満そうな顔をする。

「なぁーんだー。俺の出番かと思ったのになー。もうユイミーちゃんそういうときは俺呼んでよ〜俺だって雑魚《ざこ》くらい一瞬で燃やせるし、あのぼったくり男は一回痛い目に遭わせたかったのに」

サフィさんの発言により、巨大タマゴが男性であったことが確定した。タマゴなのに。

「いえ、燃やすとかはちょっと……」

「ん？　片付け、こいつにやってもらったの？　ユイミーちゃん何もしてなかった？」

「はい。私が転がして追い出そうとしてたときに、助けに来てくれたんです」

「あれー？　おっかしいなあ」

サフィさんは部屋を見回しながら首を傾《かし》げた。

「なんか魔力の痕跡、もうひとつあるんだけど……ユイミーちゃん、ほんとに何もしてないよね？」

サフィさんの言葉に、私はちょっとぎくっとした。

タマゴのひとは、魔王さんが来る前に盛大に転がった。そしてそれがタイミング的に、私がテピちゃんを真似《まね》してやった「てっ」の直後だった。見方によっては、私が遠隔攻撃をして転んだようにも見えるかもしれない。

いやいや。

でも私、灰色の綿毛とか出してないし。超能力とかもないし魔力なんかもちろんないわけだし。あれはたまたま、タマゴのひとが転んだタイミングが合っちゃっただけで、私が何かしたとか普通に考えてありえない。……よね？

「あ、あー、テピちゃん、テピちゃんがちょっと攻撃みたいなのしてましたよ」

「あのちっちゃいの？　それにしては魔力多い気がするけどなあ……」

ここで正直に申告する気は起きなかった。もし「てっ」について説明を求められて、ちょっとやってみてとか言われたら恥ずかしすぎる。

あれは関係ない。たぶんきっと気のせい。

私はそう結論付けて、話題を変えることにした。

「あの、ふたりとも来てくれてありがとうございます。ちょっと不安だったので助かりました。そのお礼といってはなんですけど、食事していきませんか？　私のおごりで」

大体いつも夕食を食べに店へ寄っているサフィさんはにこにこ顔で頷《うなず》き、そして魔王さんも驚いたことに頷いてくれたのだった。

三　バイトのゆくえ

野菜とお肉のいい匂いがする鍋に、カレールーを入れていく。お漬物は小鉢で添えることにした。サフィさんのはニンニクの漬物多め、福神漬け少なめ。私と魔王さんの小鉢はその逆だ。

ルーが溶けるのを待つ間に、私は卵の様子を見た。テピちゃんたちが抱きついている卵を持ち上げてみる。メタリックに輝く金と銀の卵には特に変化はなかった。地球上には存在しない卵をどう扱えばいいのか謎だし、財宝鳥が来たら今すぐにでも突っ返したいけど、それでも卵を狙うひとたちから守れてよかったと思う。せっかく生まれるなら、利用されたりせずに自由に生きてほしい。

いや、親御さんみたいにフリーダムだとちょっと困るけど。

「テピ」

「テピちゃんたちも助けてくれてありがとう」

「テピ！」

金銀の卵三つをそっと戻すと、テピちゃんたちがまたそれを包んだ。卵を温めてくれているらしいテピちゃんたちが食事を取れるように、ご飯粒を入れた小皿を横に置いておく。

私たち用には炊き立てのごはんをお皿に盛り付けて、いい匂いのカレーをかけた。ひと皿ずつ持っていくと、サフィさんと魔王さんは出入り口の近くで何やら会話をしていた。

「お待たせしましたー」

「美味《おい》しそう！　俺これ好きー」

サフィさんはにこにこしていつもの椅子に座り、魔王さんはそのまま立っている。

「あ、イスどうぞ」

『不要』

「ユイミーちゃんユイミーちゃん、こいつ浮いてるんだから気にしなくていいよ。常時座ってるようなもんだし」

「そうなんですか？」

魔王さんは肯定も否定もしなかったけど、確かに魔王さんの足は見たことがないのでイスはいらないようだった。私とサフィさんだけが座って、スプーンを持つ。

「いただきます」

「いただきまーす」

『……糧を頂戴する』

カレーはアツアツが美味しい。人参《にんじん》もお肉も柔らかくなっていてとても美味しかった。お昼を食べそびれたので、余計に美味しく感じる。二種類のルーを使うお母さんのこだわりを引き継いだカレーは、食べ慣れた美味しさだ。

サフィさんはニンニクと一緒に食べ、おいしーとにこにこしている。カレーは前にも出したけれど、気に入ってくれたようだ。

魔王さんは、摘んだスプーンでカレーをひと口掬って、しばらくじっと眺めていた。それから頭蓋骨丸出しな頭を少し動かし、ぱくりと口の中に入れる。そして、固まってしまった。

私やサフィさんが食べすすめている間も、魔王さんはフリーズしている。

「あの、お口に合いませんでしたか？」

私がそっと訊《たず》ねると、魔王さんはしばらくして、ぎし、と音がしそうなほどにぎこちなく腕を動かした。スプーンを持つ黒い手は、なんだか少し震えている。そしてその周囲に纏《まと》っている黒いモヤはさっきみたいに膨らんでいた。

『……新たなる訪問者よ』

「はい」

『我が口蓋、業火に焼き尽くされり』

「業火に……え、もしかして辛《から》いのダメだったんですか⁉」

私は慌ててキッチンに戻り、牛乳をコップに入れて魔王さんへと渡した。ゴッゴッと勢いよく飲んだ魔王さんは、空のコップを持ったまま、また動きを止める。周囲のモヤがちょっと大人しくなったので、落ち着いたのかもしれない。

魔王さんがいつも果物ばかりを買っていく理由が、わかってしまった。

私が用意したカレーは、二種類のルーが使われている。片方は中辛《ちゅうから》、もう片方は甘口だ。辛いのが得意じゃない妹も美味しく食べられるように、お母さんが編み出した「ちょっとしか辛くない愛情カレー」だけど。

魔王さんには、それでも辛すぎたらしい。

「あの、大丈夫ですか？　残していただいても大丈夫なので」

『餐《さん》は止めぬ……』

魔王さんが覚悟を決めたような声で呟き、そしてまたスプーンでカレーを掬った。ごはんは粗末にしない精神らしい。私は牛乳パックを持ってきて、そっと魔王さんに渡した。

「これが辛いの？　こんなに美味しいのにねー。ユイミーちゃんおかわり！」

「ワタシモオカワリィ～!!」

「うわっ」

空になったお皿を差し出したサフィさんの背後でドアが豪快に開き、トロピカルカラーの鳥が入ってきた。ババババと飛んだ鳥はサフィさんの頭に着地をすると、片脚を上げてワキワキする。

「コンニチワ～死の鳥ダヨ～」

「えぇ……」

当然のように挨拶をした死の鳥に私が戸惑っていると、死の鳥は体を揺らしながら気軽に喋りかけてきた。

「モ～タダメシナラ誘ッテヨォ～大盛リ一丁カレールーマシマシッ!!」

「いきなりグイグイくる……っていうか鳥なのにカレー食べちゃダメなんじゃ」

「死の鳥ニ不可能ハナイッ!!!」

大きな声で宣言した死の鳥は我が物顔でサフィさんから降りると、カウンターの上でドヤ顔を披露した。ハヤクハヤクとカレーを急かしてくる。サフィさんのお皿にクチバシを寄せているあたり、本気で食べるつもりらしい。

普通の鳥なら絶対にダメそうだけど、死の鳥はこの迷宮で暮らしている鳥である。カレーも大丈夫なんだろうか。

悩んでいると、くぅん、と小さい鳴き声が聞こえる。

「あ、ポヌポヌ犬さん」

死の鳥が開けっぱなしにしたドアの外で、もじゃもじゃの犬がそっとこちらを見ている。こんな時間に珍しい、と思っていたら、さらにひょいと顔を覗かせる影があった。

「まいどまいど～！　なんや炊き出しやってる気配してんけど呼ばれてええかな？」

「どういう気配なんですかそれ」

カレーを振る舞っただけで、なぜかお得意様が集まってきた。迷宮の猛者《もさ》たちは、魔力や気配だけではなく、タダ飯までも感知できる能力があるのだろうか。死神さんは既に食べる気満々で袖をまくっているし、ポヌポヌ犬さんも尻尾を揺らしながらおずおずと入ってきている。魔王さんが牛乳のおかわりをゴクゴク飲みながら場所を開け、サフィさんが魔術でテーブルを出現させればもうそこは食堂だった。

「ユイミーちゃん～オキャクサン出禁ニシタッテ～？　見テタワヨォ～」

「見てたってどこから？」

「流石～選バレシ者ダヨネ～。卵ヲ護ル者トシテ、コレ以上ナイ適任者ダネッ！」

「ちょっと待って。私、別に卵を守ろうとしたわけじゃないし、むしろ返したいんですけど」

私が訂正すると、死の鳥は体を揺らしながらチッチッチッと音を立てた。

「ソンナコト言ッテモ～、モウソノ卵タチハユイミーちゃんヲ保護者認定シテルヨ～」

思わずキッチンの方を振り返った。テピちゃんたちにくっつかれている卵はここからは見えないけれど、特に変わった様子はなさそうだ。もちろん、保護者認定なんて恐ろしい意思表示もしていないはず。

「いや私はバイトだし、卵の保護者は産んだ鳥がやるべきでは」

「オメデト～オ祝イニ羽根アゲルネッ」

「いやだからいらないから！」

「保護者断ルナラモット羽根押シ付ケルカラネッ！」

「なんで⁉」

脅しとして羽根を使うあたり、死の鳥は私が持つ羽根への気持ちを完全に理解していた。翼を広げながら近付いてくる死の鳥に一歩下がると、骨の手が私の方をかしゃかしゃ叩いた。

「まあまあユイミーちゃん、商売やっとったら色々あるわな。そこが頑張りどころやで！　でももしホンマに困ってんねやったら声かけや！　刈りに行くで！」

「命の収穫はちょっと」

「ユイミーちゃんおかわりはやくー」

「サフィさん私今忙しいんですけど！」

「カレー早ク食ベタインデスケドォ〜」

がやがやといつになく騒がしい店内では、それぞれマイペースな言葉が飛び交った。でも、お店や私を気にかけてくれるひとたちもいる。ツッコみたい相手もいるけれど、この賑《にぎ》やかな空間は、この短いバイト期間で築き上げたものみたいに感じて少し嬉《うれ》しかった。

ここのひとたちは、普通とはかけ離れている。びっくりすることも怖いこともあったけど、ここでのバイトは私の性に合っている気がした。

まだまだ懸念事項も色々あるけれど。

今日のところはとりあえず、カレーをたくさん作っててよかった。

「じゃあ、カレーよそってきますね」

「シノチャン大盛リダカラネッ!!」

「はいはい」

キッチンに入ると、テピちゃんたちが私に手を振る。

今日の勤務時間は、いつもよりも長くなりそうだった。

おわり

番外編　バイト先でカレーが人気だけどやや心配です

「いらっしゃいませー」

「まいど！　ユイミーちゃんカレーまだある？」

常連さんたちにカレーを振る舞ってからというもの、お店のお客様の間でカレーブームが到来してしまったらしい。要望にお応えして商品化が決定すると、あのときにいたメンバーはもちろん、噂《うわさ》を聞きつけてやってきた初めてのお客様でもカレーを注文することが増えていた。

ごく一般的な人参《にんじん》、玉ねぎ、ジャガイモ、カレールーを使っている普通のカレーだけれど、迷宮《ダンジョン》では新鮮な味だったようだ。牛肉はサフィさんから貰《もら》った迷宮産牛肉だったのがよかったのだろうか。毎日誰かしらが必ず注文するので、お店のキッチンにはカレー鍋が常備されることになった。

「カレーありますよ。今日はマッシュルームが入ってます」

「なんや美味《おい》しそうやな！　そのマッスルームてやつ山盛り、白米も山盛りで頼むわ！」

死神さんは白米とカレーの組み合わせに感動したらしく、いつも大盛りの注文である。マッシュルーム山盛りのお皿を出すと、顎をカシャカシャ鳴らしながら食べて上機嫌で去っていった。全身骸骨な死神さんのどこにカレーが消えたのかはいつも謎のままだ。

市販のルーを使っているので、私でも調理に不安はない。そもそも暇な時間が多かったのでむしろやることができてちょっとありがたいくらいだった。

しかし最近、カレーについての要望が増えてきている。

「ユイミーちゃん、カレー食べたい！　ニンニク大盛りで！」

たとえばサフィさんはいつでもニンニクを載せたがる。

「コンニチワ～死の鳥ダヨ～超激辛《げきから》ゴハン少ナメ肉多メデ～ヨロシク～」

死の鳥は、なぜか辛さの限界へと挑戦したがる。

「ここに来るとカレーという魔力増強食品を食べられると聞いたんだが……」

初めてのお客様は変なデマを信じて期待してくる。誰がそんなウソを吹き込んだのかは知らないけれど、日本のご家庭で普通に食べられているカレーなのでもちろん魔力は一切関係ない。

「カレーはちょっと辛いけど普通の食べ物なので、魔力増強はしません」

私が実物を見せながら説明するけれど、それでも新規のお客様は八割越えの確率でカレーを注文するのだった。みんな何かを期待した目で食べているけれど、やっぱりカレーにそんな効果はないと思う。たまに「強くなれた気がする」と興奮しているお客様がいるけれど、どう見ても辛さで体温が上がっているだけだった。


「ユイミーちゃん、最近お客が増えたんだってね。やっぱりニンニクカレーは最高の味だね」

「ニンニクカレーを頼んでるのはサフィさんだけです」

「絶対美味しいのに！　メニューに載せるべきだよ！」

サフィさんはカレーというより、ニンニクにハマっている。最近は私が買ってきたニンニクが青森県産かそれ以外かを敏感に嗅ぎ分けるようにまでなってしまった。もしヴァンパイアが地球に侵略してきたとしても、青森県だけは助かるかもしれない。

「ニンニクはともかく、カレーは最近本当に人気ですよ。私の住んでるところでも人気ですけど、迷宮の人たちと味覚が似てるんですかね」

「そうかもねー。ユイミーちゃんの住むとこで売ってる他のニンニクカレーも食べてみたいな」

「ニンニクカレーが人気なのかはちょっとわからないです」

サフィさんはニンニクがあればシチューでも好物になりそうだ。

反対に、カレーそのものを一番気に入っているのは、たぶん死の鳥である。モット辛クシテッ！といつも言われるので、私は週に一日、金曜日に辛口《からくち》カレーを作ることにした。

死の鳥は大きなクチバシでカレールーを掬《すく》い、食べてはカッと羽を広げる。

「情熱ガ足リナイッ！」

「十分辛いですよこれ。体調崩しますよ」

「コノ程度ノ刺激、死の森デハ子守唄レベルッ！」

死の森がどんな場所なのかはよく知らないけれど、あまり近寄らないほうが良さそう。

そもそも鳥が刺激物を食べていいのかも心配なのに、死の鳥はどれだけ辛くしてもさらに辛さを求めてくる。私は心配になりながらも、死の鳥のカレー皿にガラムマサラを振りかけるのだった。

リクエストに応えた結果、金曜日にカレーを頼むお客様はほとんどいないほどの辛さになってしまった。けれど、金曜日の辛口カレーを求めて買いに来るお客様はもうひとりいる。

「テピ！」

「あ、お客様来てる」

カリカリと引っ掻《ひか》く音にドアを開くと、ポヌ、と足音を鳴らしてお客様がご来店した。

床や天井を縦横無尽にポヌポヌ歩いた犬が求めたのは、やっぱりカレーだ。

「先週のものよりもうちょっと辛くなってますけど、大丈夫ですか？」

私が尋ねると、ポヌポヌ犬さんはぱたりと尻尾を揺らした。

テピちゃんたちが近寄れないほどの激辛カレーを、ポヌポヌ犬さんはとても美味しそうに召し上がってお帰りになるのである。

「ありがとうございましたー」

ぱたりぱたりと尻尾を揺らしながら上機嫌で帰っていったポヌポヌ犬さんも、激辛な食べ物が好きなようだ。もしかして、この迷宮では動物っぽい見た目のひとほど辛いものに耐性が付くのだろうか。

「テピ……！」

「テピちゃんたち大丈夫？　棚の方に避難しといてくれる？」

「テピー」

テピちゃんたちは刺激物が苦手なようで、激辛カレーのときはちっちゃい手で目を隠しててぴてぴと動き回っている。私はテピちゃんたちと金銀の卵をトレーに載せてキッチンから避難させ、カレー鍋に蓋をした。激辛でなくても、普通のカレーでもテピちゃんたちにはとても辛く感じるようで、最初の頃にカレールーをちょっとだけ味見しただけでテピテピーと叫びながら丸くなってしまい、それからはカレー鍋にも近寄らなくなった。私が食べていると興味はあるようだけれど、やっぱりお皿を覗《のぞ》くだけでぷるぷるしている。

「もうちょっと甘くしたら食べられるかな？」

「テピ？」

激辛カレーの日があるなら、甘口カレーの日があってもいいかもしれない。


翌日、私は早速甘口のカレールーを買ってきて、小鍋でマイルドなお子様向けカレーを作ってみた。味見すると、辛さはほとんど感じない。死の鳥なら激怒しそうなくらいのカレーだ。

「テピちゃんたち、味見してみる？」

玉ねぎの皮を運んだり人参のヘタを引っ張ったりしてお手伝いしていたテピちゃんたちに話しかけると、味見の小皿の周りにテピちゃんたちが集合してきた。つぶらな目が、不思議そうにカレーを見つめている。

「辛いかな？　ダメそうだったら無理しないでね」

「テピテピ、テピ！」

「テピー？」

白くて小さい集団は、なにやらテピテピとしばらく話し合っていたけれど、そのうち一匹が勇気を出したように小皿のフチに手をかけた。仲間が見守る中で、白くて小さい手が恐る恐るカレーに触れる。ほんの少しだけついたカレーを食べたテピちゃんは、ぴたっと動きが止まった。

「……テピーッ！」

そしてわたわたと、いやてぴてぴと動き始める。

どうやら、甘口でも刺激的すぎたようだ。

別の小皿に牛乳を注ぐと、勇者テピちゃんは慌ててそっちに近寄ってきた。

「これでもダメだったか。ごめんねテピちゃんたち」

「テーピ！　テピテピテピ！」

テピちゃんたちは私の手にぴとっとくっついてきたけれど、カレーが入った小皿からは距離を取ろうとしていた。どうやらテピちゃんたちは、少しでも辛いとダメなようだ。

「テピちゃんたちには辛いのは出さないようにするね。はい金平糖《こんぺいとう》」

カラフルな甘い塊を手に入れたテピちゃんたちは元気を取り戻し、てぴてぴと金平糖を掲げては喜んでいた。カレー色に染まったテピちゃんたちも見てみたかったけれど、カラフルなテピちゃんたちはそれはそれでかわいいからいいか。

小鍋に蓋をしながらそう納得していると、ノックの音が聞こえた。返事をしてカウンターのほうへ行くと、ドアが開いて黒いモヤが店内に入り込んでくる。

「いらっしゃいませー。今いつもの果物用意しますね」

果物を入れるカゴを持った魔王さんは、頭蓋骨そのままな頭部でコクッと頷《うなず》いた。

魔王さんはものすごく威圧感のある見た目だけど、その印象に反して毎日高級フルーツを買うほどの甘いもの好きだ。トロピカルな鳥である死の鳥は反対に激辛好き。見た目のイメージと実際の好みがかけ離れているひとがいるのは、迷宮でも日本でも同じなのかもしれない。

すっかり慣れた手順で果物を用意してカウンターへ戻ると、いつもはすぐに金貨を取り出す魔王さんが動かずにじっとしている。

「あの、どうかしましたか？」

私が尋ねると、魔王さんは少し黙ったのちに、黒い腕を一本出してカウンターの上を指した。

そこにあるのは商品一覧表。そして長い爪が指しているのは「カレー」の文字。

「カレー……ですか？　あのこれ、前に食べた辛いやつですよ？」

みんなでカレーを食べたとき、魔王さんは辛さで悶絶《もんぜつ》していた。そのときのカレーは中辛《ちゅうから》だったので、魔王さんは辛いものが苦手ということがわかったのである。実際、カレーが商品化してからも魔王さんだけは一度も注文したことがなかった。

それなのに、どうして今日。

『異なる風を求む』

「異なる……？　あ、甘口の？」

私の言葉に、魔王さんはコクッと頷いた。匂いがしていたのか、魔王さんは甘口カレーの存在を察知したらしい。そして試してみようと思ったようだ。もしかしたら、辛さは苦手だけれどカレーの味そのものは気に入ったのかもしれない。

「味見用に少し持ってきますね」

とはいえ、テピちゃんたちの件もあるのでいきなりお皿で出すのは不安だ。私は一言ことわってからキッチンに引っ込む。小皿にカレーを少しだけ入れ、スプーンも持って戻った。

「どうぞ」

私が差し出すと、黒い腕が二本伸びて小皿とスプーンを受け取った。紫の光る目がじっとカレーを見つめている。

もしダメだったら、冷蔵庫のバニラアイスでお口直ししてもらおう。

魔王さんはゆっくりとした動作でカレーを掬い、そしてぱくりと口の中に入れた。

「………………」

「……だ、大丈夫ですか？」

そのまま動かなくなった魔王さんに、私はまた牛乳を取りに走るべきかと身構える。たっぷり十秒経《た》ってから、魔王さんは闇色のモヤから三本目の腕をすっと出した。

見つめる私に、グッ、と親指を立てる。

『心地《ここち》好い業火が我が胸に』

「お、お口に合ってよかったです……」

コクッと頷いた魔王さんは、サムズアップした腕を懐に入れた。カウンターにじゃらりと積まれた金貨を受け取ったら、またぼったくりになってしまう。私は魔王さんにしっかり説明して銀貨一枚だけ受け取ると、甘口カレーを用意するために再びキッチンへ。

そうして、毎週土曜日は甘口カレーの日に決定したのだった。

あとがき

こんにちは、ちょっと変わった植物を育てるのが趣味な夏野夜子《なつのよるこ》です。

このたびは拙作『バイト先は異世界迷宮～ダンジョン住人さんのおかげで今日も商売繁盛です！～』をお読みいただきありがとうございます。

最近はジャボチカバという幹に実をつける果樹がいい感じに育ってきてとても嬉しいです。ドリミア・イントリカータという緑の雫みたいな植物や、コノフィツム・ブルゲリといったやっぱり緑の雫みたいな植物も好きです。不思議な植物を見ていると、その植物の周りに不思議な生き物が住んでいるんじゃないかと想像が膨らみます。

植物の話はこれくらいでおいといて。


地球上ではない場所にあって、人間以外のお客様がいっぱいやってくるこのお話は、当初、もうちょっと魔女っぽい成分が多めの作品になるはずでした。

異世界のへんてこなお店、というぼんやりしたイメージで始めたのですが、いざ書き始めようとしたときにへんてこなお店で女子大生がバイトしてたら面白いな、と思いつき、そのままの勢いで書いていった結果出来上がったのがこのにぎやかなお話です。

ダンジョンにはどんな生き物が住んでいるんだろう、と考えながら書いていると、結果的に人間のお客様が全然出てこない代わりに、見た目は恐ろしいのに甘いフルーツが大好きというギャップの大きい魔王や、ちっちゃくて弱そうな見た目で実際にもか弱いというギャップなしのテピちゃんなど、色んなキャラがやってくるお店になりました。

不思議な生き物もそうですが、私は鳥がとても好きなので、お話の中で色んな鳥を書くことができてとても楽しかったです。


考えてみると、私たちが普段使っているお店は、人間が使いやすいように作られています。もし姿形の全く違うお客さんが来るとしたら、ドアノブに手が届かないとか、棚が低すぎるとか、さまざまなクレームが出るだろうなあと書いていて思いました。もし作中のテピちゃんたちが日本のコンビニに行ったら、自動ドアのセンサーが反応しなさそうですね。

普段暮らしていると、あの人と自分は全然違うな、といった気持ちを抱くときもありますが、他の人から見たら案外似たようなものなのかもしれないなと思いました。魔王やヴァンパイアから見れば人間はみんな似たり寄ったりに見えるのかもしれませんし、死神から見たら骨はみんな同じようなもんだと思われるかもしれません。

小説を書いていると普段の自分ではないような視点や考えが見えてきたりして、そこも楽しいところです。


いろいろ書きましたが、基本的にはゆるっとした気持ちで書いた作品なので、読むときにもゆるっと楽しんでいただけたら嬉しいです。ちょっとした息抜きに買い物に行くような気持ちでこの本を開いてくれたら、作者としてこれ以上のことはありません。

最後に、この本を出版するにあたってお声がけくださった編集の星森様をはじめ、お世話になった全ての皆様に感謝いたします。
それではまたいつか。

夏野夜子

ムゲンライトノベルスをお買い上げいただきありがとうございます。
作品へのご意見・ご感想は右下のQRコードよりお送りくださいませ。
ファンレターにつきましては以下までお願いいたします。

〒162-0822
東京都新宿区下宮比町2-26 KDX飯田橋ビル 5階
株式会社MUGENUP ムゲンライトノベルス編集部 気付
「夏野夜子先生」／「みく郎先生」

MUGEN Light novels

バイト先は異世界迷宮
～ダンジョン住人さんのおかげで今日も商売繁盛です！～

2023年1月30日　第1刷発行

著者：夏野夜子
イラスト：みく郎

発行人　伊藤勝悟
発行所　株式会社MUGENUP
〒162-0822 東京都新宿区下宮比町2-26 KDX飯田橋ビル 5階
TEL：03-6265-0808（代表）　FAX：050-3488-9054
発売所　株式会社星雲社（共同出版社・流通責任出版社）
〒112-0005 東京都文京区水道1-3-30
TEL：03-3868-3275　FAX：03-3868-6588
印刷所　株式会社暁印刷

カバーデザイン●spoon design（勅使川原克典）
編集企画●異世界フロンティア株式会社
担当編集●星森香

Printed in Japan
ISBN 978-4-434-31420-9 C0093